Il mio mondo nei tuoi occhi

series

di

Giulia Borgato

Copertina a cura di: Patatabollente's Art&Graphic

Foto di: Marco Soscia

Modello: Franco Colicchio

Il mio segreto

prequel del romanzo

Il mio mondo nei tuoi occhi

Dedicato a te e a tutto ciò che abbiamo.

A quante persone sulla faccia della Terra sarà capitato di
fotografare l'istante preciso in cui la propria vita è
cambiata per sempre? Be', a me è successo.

Padova, maggio 2011

Il corso di aggiornamento si tiene nella sala di un palazzo storico, di proprietà della *Fondazione Cariparo,* in piazza Duomo a Padova. L'ambiente è talmente bello che, in attesa che il relatore inizi, scatto delle fotografie con il mio iPhone. Non presto attenzione a dove metto i piedi e finisco con l'andare a sbattere addosso a qualcuno.
«Ehi!» esclama una voce maschile roca e molto, molto sexy.
«Scusa» borbotto imbarazzata tentando di mantenere l'equilibrio.
«Non c'è problema» afferma la mia vittima, mentre mi afferra un braccio per sostenermi. Dal punto in cui la sua mano mi tocca prende origine una scarica elettrica che si propaga lungo tutto il mio corpo. Non siamo nemmeno pelle contro pelle, c'è il tessuto degli abiti a dividerci e, proprio sotto quel tessuto, noto i muscoli solidi che lo tendono. Mi azzardo ad alzare lo sguardo sul volto della persona che ho urtato. Di fronte a me appare l'uomo più bello che io abbia mai visto. Alto, neri capelli corti freschi di taglio, un velo di barba, occhi scuri e un naso così perfetto da sembrare dipinto. Mi ricorda una decorazione a figure rosse della ceramica greca.
«Tutto bene?» mi chiede sorridendo.
«S-sì» tartaglio, perché rispondere onestamente significherebbe dirgli che il suo tocco mi ha incendiato, e che il sorriso che mi ha rivolto mi fa tremare le gambe e

cedere le ginocchia. *Altro che decorazione,* penso, *questo è un dio greco in carne e ossa. E che carne!*
«Piacere, mi chiamo Fabrizio» si presenta tendendomi la mano. Io gliela stringo forte, memore degli insegnamenti di mio padre, secondo il quale una persona che non ha una bella stretta non è una persona di valore.
«Viviana» dico a mia volta. Vorrei aggiungere qualcosa, non sono una che rimane facilmente senza parole, ma essere così affascinata da un completo sconosciuto mi ha mandato in tilt. Per fortuna il relatore mi toglie dall'impasse invitandoci a prendere posto.
«A dopo» mi saluta il dio, con un altro sorriso. Non riesco nemmeno a rispondere, e mi sento così calda e sudata che temo di apparire agli occhi dei presenti come la Torcia Umana. Mi volto e cerco con lo sguardo la mia amica e collega Laura che, accorgendosene, mi fa un cenno con la mano. Quando la raggiungo mi domanda sottovoce: «Chi è quel figo imperiale con cui parlavi? Conosci uno così e non me lo dici?»
Avvampo, come se non fossi già accaldata a sufficienza, e balbetto qualcosa. «No, no, non lo conosco, cioè, l'ho conosciuto adesso, sono andata a sbattere contro di lui perché non guardavo dove mettevo i piedi…»
«Shhh, sta cominciando» ci riprendono dalla fila dietro, aumentando il mio imbarazzo.
«Te lo spiego dopo» sussurro a Laura. Lei annuisce e ci prepariamo a seguire la lezione.

Non riesco a concentrami. La voce del docente è una sorta di fastidioso rumore di sottofondo, eppure sono consapevole che, se non ascolto, quando ci sarà la fusione tra istituti di credito, io sarò un'imbarcazione alla deriva. La mia attenzione è calamitata verso la sinistra della sala, dove il dio greco è seduto accanto a un collega. Forse si sente osservato, perché gira lo sguardo verso di me proprio nell'istante in cui lo sto fissando, e mi fa l'occhiolino. A me? Devo avere le traveggole. Sono talmente incantata a guardarlo che non mi rendo nemmeno conto che è stato annunciato un quarto d'ora di pausa. Le mie visioni continuano perché lo vedo alzarsi e venire verso di me. Laura mi dà di gomito su un fianco e io capisco che non sto sognando.
L'attrazione fisica che provo per lui è talmente forte che cerco di auto convincermi a non fare stupidaggini, ripetendomi nella testa come un mantra *sono sposata, sono sposata, sono sposata.*
«Caffè?» mi chiede Fabrizio che ci ha ormai raggiunte.
«Sono sposata!» rispondo, dando voce al mio pensiero. Sia lui che la mia amica scoppiano a ridere per la mia uscita assolutamente fuori luogo. Nell'istante in cui realizzo cos'ho detto, vorrei avere una pala, scavarmi una fossa e sotterrarmi proprio lì, in quel meraviglioso palazzo.
«È un po' presto per chiederti di sposarmi» spiega lui, «vorrei solo offrirvi un caffè.»

«Accettiamo volentieri» risponde Laura per entrambe. Evidentemente, anche se lo trova un figo imperiale, non le si impasta la lingua e non le escono frasi penose. Usciamo in piazza Duomo e andiamo al *Gancino* a prendere il caffè.
«Dove lavorate?» chiede Fabrizio, sorseggiando la bevanda nera.
«Siamo impiegate alla Banca Veronese» spiega Laura. «E tu?»
«Io alla Banca Piemontese.»
«Lo immaginavo dall'accento» dice la mia amica. «Sede centrale?»
«Sì, lavoro proprio a Torino.»
Seguo la loro conversazione ma non so come inserirmi e quando, dopo aver dato uno sguardo all'orologio, Fabrizio suggerisce di rientrare, tiro un sospiro di sollievo.
«Gli piaci» afferma Laura.
«Shhh» la ammonisco io, «parla piano che è soltanto a due passi da noi. E poi che cavolo dici, ha parlato solo con te.»
«Per forza, tu non hai spiccicato parola! Comunque parlava con me, ma guardava te. Hai tutte le fortune.»
Forse una volta, penso, ma non lo dico. Fabrizio ci fa un cenno di saluto e raggiunge il suo collega, noi ci accomodiamo e io mi riprometto di sforzarmi di prendere appunti. Nel corso delle due ore che ci separano dalla pausa pranzo non riesco a evitare che il mio

sguardo viri verso sinistra, la cosa strana è che spesso incontra quello di lui, che mi sorride e poi si gira verso il relatore.
A pranzo Laura mi porta a mangiare *Al Vescovado*. «Mi sembra di essere tornata all'università» mi confida addentando un panino. Forse dovrei chiederle di raccontarmi qualcosa sul periodo in cui studiava qui a Padova, ma ho la testa da un'altra parte. «Un penny per i tuoi pensieri» dice la mia amica. Io sospiro. «Dì la verità, sei così scombussolata per quell'uomo? Oh dai, non ti sentire in colpa, sei sposata, mica cieca!»
«Non ho mai provato un'attrazione così per qualcuno prima» sputo fuori tutto d'un fiato. Laura mi guarda perplessa.
«È indubbiamente un bel figone» ammette, «ma ti ha colpito davvero così tanto?»
«Colpito?» rispondo. «Mi ha travolto. Mi sento come se mi fosse passato sopra un Caterpillar.» La mia amica sghignazza. «Lo trovi divertente?» chiedo.
«Un pochino sì, lo confesso. Sembri me quando vedevo Robbie Williams in tv. Solo che io avevo sedici anni e non avevo un marito.»
Davide. E chi pensa a Davide? Nonostante la mia uscita infelice di qualche ora prima, quando i miei occhi hanno incontrato quelli di Fabrizio mi sono completamente dimenticata di essere sposata.
«Su, su, dai» mi esorta Laura, «quattro ore oggi, altre quattro domani, e poi non lo rivedrai mai più. Lontano

dagli occhi, lontano dal cuore, e tornerai alla tua vita senza neanche ricordarti di questo episodio.»
Non ha idea di come mi sia sentita quando la sua mano mi ha stretto, non sa della scarica che mi ha attraversato incendiandomi tutti i sensi e riaccendendo parti di me che avevo quasi dimenticato di avere. E ora, dopo aver sentito cosa pensa di questo incontro, non ho nemmeno voglia di cercare di spiegarglielo. Del resto, posso darle torto? Se non fosse capitato a me di essere presa in pieno da un fulmine, crederei a qualcuno che mi racconta di provare qualcosa del genere? Probabilmente no.

Al termine della giornata molti partecipanti al corso si fermano a mangiare una pizza, ma sono per lo più persone che alloggiano a Padova per la notte.
«Ragazze, voi rimanete?» ci domanda Fabrizio.
«No» rispondo, «noi abitiamo solo a un'ora di strada da qui, stavamo giusto per tornare a casa.»
«Ma se siete così vicine a maggior ragione dovreste fermarvi a cena, tanto fate presto a rientrare.»
Immagino che reazione avrebbe Davide se gli telefonassi per dirgli che non torno. Scuoto la testa e sussurro: «Magari un'altra volta.»
Sei una cretina, penso, *potrebbe non esserci un'altra occasione di passare del tempo con quest'uomo.* Ma il senso del dovere prevale sui miei desideri.

«Allora ci vediamo domani» dice lui sfiorandomi lievemente un braccio. E quel contatto provoca scintille. O almeno questo è quello che percepisco io.
«Hai fatto bene a declinare l'invito» afferma Laura dopo che Fabrizio se n'è andato. La guardo perplessa.
Primo, non mi piace il tono con cui pronuncia la parola *invito*. Era una cena di gruppo, non un appuntamento. Secondo, non ho bisogno di qualcuno che protegga la mia virtù, l'ho persa ormai parecchio tempo fa. Durante il viaggio di ritorno mi rintrona di chiacchiere parlando delle sue figlie: una è un talento del pianoforte, l'altra un genio del violino. Dopo i primi dieci minuti smetto di ascoltare, ma almeno non tocca più l'argomento Fabrizio.
I condomini in cui viviamo sono attigui e, quando arriviamo, sale da me perché ho promesso di prestarle l'ultimo libro di *Patricia Cornwell*. Davide non è ancora tornato dal lavoro.
«Vieni, entra» la invito, poi recupero il romanzo dallo scaffale. «Eccolo» dico porgendoglielo, «sono sicura che ti piacerà.» La sua attenzione, però, viene calamitata da qualcosa che spicca sul piano della mia cucina.
«Oh, mio Dio!» esclama. «Hai fatto i tuoi cupcake!»
«Sì, ieri. Serviti pure» la esorto.
«Sono al caramello! Li adoro.»
«Prendine anche per tuo marito e le tue figlie, mi sono fatta prendere un po' la mano e ho cucinato per un reggimento. Ti preparo un vassoio.» Mentre gliene incarto una decina, rientra Davide.

«Ah, sei già tornata?» dice quando ci vede. Poi se ne va nel reparto notte, praticamente senza salutare. *Chi è quest'uomo?*, mi chiedo. *Dov'è finito il ragazzo di cui mi sono innamorata dieci anni fa?* Quel ragazzo era affettuoso, premuroso e attento. Non riesco a impedirmi di pensare che in questo momento potrei essere seduta a bruciare di passione accanto al dio greco. Laura sembra non accorgersi di niente, presa com'è ad assaporare il dolcetto.
«Hai mai pensato di aprire una pasticceria?» mi chiede tra un boccone e l'altro. Io scuoto la testa.
«Ma no, figurati» mi schermisco. In realtà ci ho pensato eccome, ma mio padre aveva già fatto tutte le scelte al posto mio, e quando ne ho parlato a Davide, mi ha domandato se credevo davvero di essere così brava da poterne fare una professione.
«Sarebbe una scelta felice» continua addentandone un secondo, «e se dovessi perdere l'impiego in banca hai comunque un futuro assicurato.»
«Grazie per la fiducia» sussurro, porgendole il vassoio per la sua famiglia.
«Dico davvero» precisa, «e per domani, come ti ho detto, mi arrangio a venire a Padova, ne approfitto per ritirare un referto di mia madre.»
«Come vuoi, ma per me non è un problema attendere con te e tornare più tardi, tanto nel pomeriggio non lavoro.»
«A dire il vero ho chiesto di uscire mezz'ora prima e non voglio farti perdere l'ultima parte del corso.»

«Posso passare in ospedale una volta finito» propongo.
«No, no, preferisco così, non voglio esserti di peso. Se vuoi però possiamo partire insieme. Ci troviamo giù nel parcheggio verso le sette?»
«Sì, direi che è perfetto» accetto. Laura mi ringrazia ancora per i cupcake, poi saluta e se ne va, lasciandomi da sola con un uomo che ho amato più della mia stessa vita ma che ormai stento a riconoscere.

Ho passato la notte in bianco e la cosa mi costringe a truccarmi, anche se in genere la mattina vince la pigrizia e mi concedo solo una passata di mascara. Non ho fatto che pensare alle emozioni che mi ha trasmesso Fabrizio durante le pochissime ore che abbiamo trascorso nella stessa stanza, e il russare dell'uomo che dormiva profondamente accanto a me non mi ha certo conciliato il sonno. Mi sono chiesta se i colpi di fulmine esistano davvero e se si tratti di uno di questi. Con Davide, nonostante una simpatia immediata, le cose sono state graduali, e dal momento che quando l'ho conosciuto ero molto giovane, non ho altre esperienze con cui confrontarmi; le mie precedenti frequentazioni erano state molto brevi e quasi prive di sentimento.
«Vi ho sentite sai, ieri sera» annuncia mio marito entrando in bagno. «Ci hai sentite?» domando. «Non capisco a cosa tu alluda.»
«Laura ti ha chiesto se hai mai pensato di aprire una pasticceria.»

«Sì, e allora?» chiedo, non capendo affatto dove voglia andare a parare.
«Non intenderai ricominciare con quella storia...» brontola, lasciando la frase in sospeso. La sua affermazione mi ferisce e non rispondo. «È un sogno che avevi da bambina, ormai sei una donna e devi capire che non si potrà mai realizzare. Hai un buon lavoro in banca e ti confesso che non capisco perché ti ostini a non accettare l'aiuto di tuo padre. Ti spianerebbe la strada e ti velocizzerebbe la carriera.»
Perché del mio lavoro non mi importa un accidenti di niente se non che mi permette di non dipendere da te, penso, ma non ribatto. Mi limito a dirgli che devo andare. Nonostante le sue parole mi abbiano mortificato, gli do un rapido bacio sulla guancia, ma lui si ritrae infastidito perché sta per mettersi la schiuma da barba. Il cuore mi si stringe un po', ma non ho tempo per lasciarmi andare all'amarezza; ho appuntamento con Laura.
La trovo in piedi accanto alla sua auto, già pronta per partire. «Ciao, Viviana» mi saluta.
«Buongiorno» rispondo.
«Dormito bene?» chiede, e non capisco se abbia notato le mie occhiaie o se stia solo facendo conversazione.
«Nella norma. Tu?»
«Le bambine mi hanno fatto impazzire. Forse non avrei dovuto dir loro che anche questa mattina le avrebbe accompagnate il padre a scuola. O forse è stato tutto lo zucchero che gli ho lasciato mangiare ieri sera» ridacchia.

Sorrido. «Partiamo?» propongo.
«Sì, fai strada tu?» Annuisco e mi dirigo verso la mia macchina.
In autostrada la perdo un paio di volte, ma per fortuna mi raggiunge prima che io imbocchi l'uscita, così non rischio di doverla andare a recuperare chissà dove. A Padova fatichiamo un po' a trovare parcheggio e siamo costrette a lasciare i nostri veicoli in piazza Insurrezione, anche se la sosta è a pagamento. Ci avviamo a piedi verso la sede del corso, ma ci fermiamo al *Gancino* per fare colazione. Ordino una brioche al cioccolato e un cappuccino, che mi va di traverso quando, davanti alla vetrina del bar, vedo passare Fabrizio che chiacchiera allegramente con il suo collega.
«Tutto bene?» mi chiede Laura mentre tossisco.
«S-sì» farfuglio.
«Sembra che tu abbia visto un fantasma» aggiunge con un'espressione sospettosa.
Veramente ho visto un dio. «No, no, è solo che è bollente» mi giustifico.
«Ah sì? Strano, la temperatura del mio cappuccino è perfetta.»
Pago io, nel tentativo di sviare la sua indagine, perché dubito che si sia bevuta la mia scusa e, sapendo come la pensa, cerco di evitare l'argomento. Capisco subito che non sarà facile perché, non appena attraversiamo la piazza, *l'argomento* ci si para davanti.
«Buongiorno, ragazze» ci saluta Fabrizio.

«Buongiorno a te» risponde Laura. Non subirà il suo fascino quanto me, ma gli dedica una lunga occhiata.
«Ciao» pigolo io. Oggi la divinità ha scelto un abbigliamento più casual rispetto a quello di ieri; indossa un paio di jeans in denim scuro invece che i pantaloni con la piega, ma non ha rinunciato alla camicia e alle scarpe eleganti.
«Pronte per le ultime quattro ore?» ci chiede. *Io ho passato la metà del tempo a guardare te e non ho capito niente,* penso.
«Prontissime» afferma invece la mia amica. Varchiamo la soglia dell'edificio e ci dirigiamo nella sala dove si tiene il corso. Il suo collega si avvicina e Fabrizio ci presenta, così scopro che si chiama Carlo e che lavora con lui in sede centrale a Torino. Io e Laura ci dirigiamo verso la destra della stanza, dove eravamo sedute ieri, ma i ragazzi, invece di andare verso sinistra, ci seguono. Io mi siedo vicino alla mia amica e Fabrizio prende posto accanto a me. Laura mi fulmina con lo sguardo, come se lo avessi invitato io. Non l'ho fatto, ma la cosa mi procura un notevole piacere. E pone fine a qualsiasi mia possibilità di prestare attenzione alle parole del relatore.
A metà della lezione si sporge verso di me e mi sussurra: «Dai, tra poco ti offro un caffè.» Io sento l'orecchio andare a fuoco. La sua voce roca e sexy accende i miei sensi e la sento vibrare fino al basso ventre. Riesco a rispondergli soltanto con un mezzo sorriso, che immagino scambi per imbarazzo quando invece è eccitazione.

«Dieci minuti di pausa» annuncia il docente dal microfono.
«Andiamo a prendere un caffè, Viviana» propone Fabrizio, e anche se sentire il mio nome uscire da quella bocca mi dà alla testa, non posso fare a meno di notare che *oggi* l'invito è rivolto solo a me.
Laura, però, non lo ha notato, o finge che non sia così. «Oh sì, un caffè ci vuole proprio!» esclama. Fabrizio lancia un'occhiata a Carlo che interpreto come una richiesta di aiuto, ma di certo sto prendendo un granchio. «Tutti al *Vescovado*» aggiunge la mia amica, afferrando la borsa e incamminandosi verso l'uscita.
«Io veramente avrei un po' di fame, stavo pensando di andare alla *Pasticceria al Duomo* e mangiarmi anche un bignè» ribatte Fabrizio. «Carlo, vai tu con Laura?»
A quel punto mi è chiaro che il suo è davvero un tentativo di restare da solo con me.
«Certo, la accompagno io» interviene l'amico. «Andiamo signorina?» domanda offrendole il braccio.
«Eh, ma allora no» protesta Laura, «perché dobbiamo dividerci? Andiamo tutti in pasticceria.»
Fabrizio mi guarda e mima con le labbra le parole: «Mi dispiace.»
Sapere che desiderava trascorrere un po' di tempo con me mi rende coraggiosa, così mi azzardo ad accarezzargli un braccio. Le dita incontrano la solidità del suo muscolo e non posso fare a meno di immaginare lo spettacolo che si nasconde sotto quella camicia.

La pausa caffè è dominata da Laura che tempesta i ragazzi di domande. Io e Fabrizio non riusciamo a scambiare nemmeno una parola. Suo malgrado è però costretta ad andarsene prima del termine della lezione e a lasciarmi *in balìa* di quell'uomo. Spero vivamente che sua madre non abbia niente di grave, ma ringrazio tutte le divinità che mi vengono in mente per il fatto che debba andare a ritirare quegli esami. Appena il relatore ringrazia e saluta, Carlo si eclissa. Fabrizio mi guarda con aria soddisfatta.
«Finalmente» mormora sorridendo.
«Io, io…» balbetto.
«Io sono sposata?» suggerisce, facendomi il verso.
«No. Cioè, sì» rispondo imbarazzata. Lui si scusa, ma lo fa ridacchiando. «Intendevo dire che devo tornare a casa» spiego.
«Subito?» domanda.
Subito, perché altrimenti non rispondo di me. «Sì» confermo. Sul suo viso appare un'espressione delusa.
«Sei venuta in auto?» Annuisco. «Posso almeno accompagnarti al parcheggio?»
Dentro di me si agitano sentimenti contrastanti. Sono al settimo cielo per l'interesse di quest'uomo così attraente, ma ogni cellula del mio corpo grida: *Pericolo!* Non mi sento sicura di me stessa e temo di cadere in tentazione.
«Viviana?» La voce di Fabrizio mi distoglie dalle mie elucubrazioni mentali. «Allora? Posso accompagnarti?»

No, no! esclama l'angioletto sulla mia spalla destra. *Digli di sì, devi dirgli di sì,* mi istiga il diavoletto sulla sinistra. Per la prima volta in vita mia decido di dare ascolto a quello munito di corna e coda.
«Certo» rispondo, «ho parcheggiato a una decina di minuti da qui.»
Mentre passeggiamo vedo che si guarda intorno interessato. «Non ho avuto modo di vedere granché» mi spiega, «ma mi sembra una bella città.»
«Su Padova non sono abbastanza preparata, ma se vuoi visitare Verona mi offro come guida» azzardo.
«Perché no?» mi risponde. Dalla sua risposta speravo di capire se è impegnato oppure no. Chissà perché poi. Sono impegnata io, quindi la sua situazione sentimentale non dovrebbe avere per me alcuna rilevanza. Anche se non so cosa dire mi piace camminare al suo fianco, e raggiungiamo piazza Insurrezione fin troppo in fretta. Pago la sosta e mi avvicino alla mia auto. «Ci dobbiamo salutare» sussurro.
«Così in fretta?» protesta lui. Schiaccio il tasto del telecomando che apre le portiere guardando per terra, perché se alzassi gli occhi sul suo viso non riuscirei ad andarmene. Poso le dita sulla maniglia ma lui appoggia entrambe le braccia sulla macchina incastrandomi in una sorta di abbraccio a distanza. «Basta giocare» afferma a pochi centimetri dal mio volto, e io mi sento avvampare. «Io sono fidanzato, tu sei sposata, ma non venirmi a dire che non senti la chimica che c'è tra noi.»

Quando lo sento pronunciare le parole *io sono fidanzato,* il mio cuore smette di battere per un istante. Perché fa così male?
«Non dici niente? Allora ti darò un buon motivo per stare in silenzio» aggiunge, e poi mi bacia. All'inizio posa soltanto le labbra sulle mie, come se intendesse valutare la mia reazione. Io sono stupita, intontita e accaldata da quel fugace contatto, ma non intendo respingerlo. Fabrizio mi fissa con aria famelica e, una volta sicuro che non lo prenderò a ceffoni, ci riprova con più passione. Questa volta non si limita a sfiorarmi le labbra, ma le lecca lentamente. Non tento neanche di opporre resistenza, anche perché quel bacio mi sembra tutt'altro che sbagliato. Quando cerca di farsi strada nella mia bocca lo accolgo con piacere e lascio che ne esplori ogni centimetro. Poi le nostre lingue si intrecciano, e non è una danza impacciata, perché si muovono allo stesso ritmo, come se ci fossimo già baciati mille volte. Lui piega le braccia e i nostri corpi aderiscono l'uno all'altro. La sua erezione preme contro la mia pancia rendendomi chiaro che mi desidera quanto lo desidero io. Ma è proprio sentirlo così eccitato che mi riporta alla realtà. Se non me ne vado adesso non riuscirò a fermarmi. E non posso tradire Davide.
Prometto di esserti fedele sempre. Queste parole attraversano la mia mente come un fulmine e smetto di baciare Fabrizio. Lui mi guarda interdetto e io abbasso gli occhi.

«Devi andare» mormora in tono deluso, con la voce resa ancora più roca dal desiderio. Io annuisco. «Credevo...» balbetto, «non so che cosa credevo, ma non posso.»
«In fondo lo capisco» afferma, «mi dispiace.»
«No, ti prego, non dire che ti dispiace,» sussurro, «a me non dispiace, ma se non me ne vado adesso non potrò più fermami, e non voglio...»
Non termino la frase ma Fabrizio annuisce, come se comprendesse. Infila la mano nella tasca dei jeans e ne estrae un biglietto da visita. «In ogni caso, magari, ci sentiamo» mi propone, e mi sembra un po' in difficoltà, quasi che anche per lui fosse una situazione insolita. Non resisto all'impulso di abbracciarlo, poi afferro il biglietto, salgo in macchina e parto sgommando. Sto scappando. Sto scappando perché non voglio tradire Davide, ma ho baciato un altro uomo, perciò l'ho già tradito. Mentre sono ferma a un semaforo, un raggio di sole penetra dal finestrino e si posa proprio sulla mia fede, facendola brillare. All'improvviso questo piccolo e leggero gioiello mi sembra una catena pesantissima.

Verona, maggio 2011

Da quel giorno sono scostante e forse anche un po' fredda, ma Davide è talmente distratto che non se ne accorge. Mi sento soffocare, sia a casa che al lavoro, ma non vedo vie di uscita. Non faccio che ripetermi che questa vita l'ho scelta io perciò mi deve rendere felice, ma sto mentendo a me stessa. È stato mio padre a scegliere la mia strada, ed è stato così bravo da farmi credere che fosse quello che volevo. Ma ora non sono più una ragazzina del liceo, e mi è chiaro che desidero altro. Ed è vero, ho scelto io quello che ora è mio marito, e ho deciso io di sposarmi giovane, ma l'uomo con cui divido il letto non è il ragazzo di cui mi sono innamorata. A volte la vita non va come avremmo desiderato, ma per disfare tutto ci vuole un gran coraggio, e io non ce l'ho. Come potrei mantenermi se lasciassi il posto di impiegata in banca? Nessuno crede che io sia abbastanza brava da aprire una pasticceria, lo considerano soltanto un hobby. *E se non fossi scappata qualche giorno fa?* Il mio pensiero finisce sempre per tornare a Fabrizio. Ho il biglietto da visita con la sua e-mail, ma non l'ho cercato. E non perché non ne abbia voglia, ma perché il nostro bacio ha innescato quella cosa che c'è tra noi, a cui non so dare un nome, ma so che è talmente forte che se le diamo un seguito, non potrà che provocare un'esplosione in cui ho paura di restare ferita.

Accendo il computer e mi connetto a Facebook, sperando di distrarmi. Appena scorro la home però, mi appaiono alcune foto scattate in occasione del corso. Do un'occhiata alle notifiche e scopro che una conoscente mi ha taggato. Sono ritratta in tre foto, e in nessuna guardo verso il docente. *Chissà perché.*
Ho anche un paio di richieste di amicizia. Carlo Dalmasso, che all'inizio non mi dice niente, e Fabrizio Ferreri. Il cuore mi batte così forte che temo possa uscirmi dal petto. Accetto entrambe le richieste e non resisto alla tentazione di andare a curiosare nella sua bacheca. Sbircio le foto, e lo vedo sempre in compagnia di una bella donna dai lunghi capelli rossi e gli occhi verdi. Forse un po' troppo vistosa per i miei gusti, ma indubbiamente affascinante. Mi chiedo cosa possa averlo attratto in me da spingerlo a baciarmi, se è quello il genere di donna che gli piace. Ignoro la vocina nella mia testa che mi sta suggerendo di non fare cazzate, prendo un bel respiro e gli invio un messaggio privato.
"Ciao" gli scrivo, "tutto bene?"
Mi risponde subito: "Ciao Viviana, non sapevo se avresti accettato la mia richiesta. Io sto bene, e tu?"
"Anche io, grazie." Cosa dovrei dire? La verità? *Ti ho visto per poche ore appena, non ti conosco affatto, ma quel bacio mi ha scombussolato così tanto che ora sto mettendo in discussione tutta la mia vita?*
"Sicura?" mi chiede, quasi mi leggesse nel pensiero. "So di avere esagerato, ma è scattato qualcosa dentro di me

quando ti ho visto, e non sono riuscito a trattenermi. Non vorrei che tu pensassi che questo sia il mio comportamento abituale."
Lo penso? Sì, ammetto di averlo pensato, ma Fabrizio potrebbe credere lo stesso di me. "Non lo penso, e spero mi crederai se ti dico che di solito non mi lascio baciare da sconosciuti eccitati."
Mi invia un emoticon con un sorriso. "Questo è il mio numero" aggiunge, "nel caso quel discorso volessi continuarlo, o anche no. Ma in qualsiasi momento ti venisse voglia di sentirmi, potrai contattarmi."
Sento odore di guai. E mi ci sto infilando in maniera del tutto consapevole, infatti ricambio il gesto e gli lascio il mio telefono.
Dopo qualche ora, mi prudono le dita. Gli invio un sms spiritoso. "Ho il tuo numero e non ho paura di usarlo."
La sua risposta però mi spiazza. "Mi sei mancata." Non capisco se intenda in questi giorni o in queste ore, e non so come ribattere. Decido di essere sincera, e confesso: "Anche tu."
Nonostante la paura di uscirne ferita, alla prima occasione non solo non ho evitato di rimettere in moto la cosa, le ho proprio dato il *La*.

Verona, settembre 2011

Da mesi inizio ogni giornata con un sms di Fabrizio. La memoria mi riporta inevitabilmente a dieci anni prima, quando a rendermi felice per un giorno intero erano i messaggi del buongiorno di Davide. Ormai però mio marito si limita a scrivermi "Ti ho lasciato i soldi per pagare l'assicurazione" oppure "C'è qualcosa per cena o mi fermo a prendere una pizza?".
Sto mangiando un gelato in piazza Bra insieme a Laura, quando mi squilla il cellulare. Frugo nella borsa con la mano con cui non reggo il cono e, vedendomi un po' in difficoltà, la mia amica mi propone di sederci su una panchina.
«Chi è?» mi chiede, curiosa, quando finalmente riesco a leggere l'sms. *Non te lo direi nemmeno sotto tortura,* penso, perché è un messaggio di Fabrizio.
"Hai visto che il mese prossimo c'è un corso di aggiornamento sul nuovo gestionale a Firenze? Ho guardato la lista dei partecipanti, ed è inserita anche la tua filiale."
«È Paola, che mi avvisa che in ottobre ci sarà un altro corso da seguire» mento.
«Ah, sì, è arrivata una e-mail» mi spiega, «non l'hai letta?»
Scuoto la testa. «Stavo finendo quel lavoro con il direttore, e dopo ero talmente stanca che non ho più guardato la posta elettronica e sono scappata a casa.»

«La leggerai domani, ma i posti sono limitati. Penso che sarà il dottor Barbieri a decidere chi mandare» ipotizza. Io sto già pregando che la Fortuna alzi un angolino della sua benda e veda che questa sarebbe un'ottima opportunità per me di rivedere Fabrizio.
«Visto cos'hai combinato all'ultimo corso, forse sarebbe meglio se non ti scegliesse» commenta Laura ridendo. E viene da ridere anche a me, perché fa questa affermazione senza avere la più pallida idea di quello che ho combinato. Sì, Fabrizio e Carlo hanno chiesto l'amicizia anche a lei sul social, ma dato che ci sono interazioni minime, crede che anche con me sia lo stesso. Mi limito a sorridere e mi dedico al mio cono. «Te l'avevo detto io» continua, «lontano dagli occhi, lontano dal cuore. Un bell'uomo, niente da dire, ma un fuoco di paglia. Arde in un istante e poi puff! E comunque ne hai uno perfetto accanto, di certo non ti manca niente!»
Sapevo che sarebbe arrivata a lodare Davide. Non che si sbagli quando dice che non mi manca niente, ma avere tutto ciò che serve a soddisfare le necessità primarie non significa essere felici. E riguardo Fabrizio, be', la paglia doveva essere parecchia se dopo mesi il fuoco brucia ancora e non accenna a spegnersi. Mi chiedo spesso se quello che c'è tra noi sia solo attrazione fisica, ma ho paura di rispondermi. Non parliamo mai di sentimenti, soltanto di quanto siamo attratti l'uno dall'altra, come due poli opposti. Mi ripeto che questa è la vita che va bene per me, che voglio restare con mio marito, e che

intrattengo una relazione con Fabrizio perché sarebbe un peccato sprecare questa occasione, ma quanto sia vero non lo so.
Recuperiamo l'auto nel parcheggio Arena e percorriamo i pochi chilometri che ci separano dal quartiere in cui viviamo. Non vedo l'ora di salutare Laura per poter finalmente rispondere al messaggio. Quando arriviamo però, mi chiede se ho preparato i cupcake.
«Perdonami se sono sfacciata» dice, «ma so che cucini sempre per un esercito.»
Non posso ribattere perché è vero, e lei lo sa. «Non ho né cupcake né muffin,» rispondo, «però ieri ho preparato due Cotton cake. Saliamo, te ne do uno.»
«Oh, sei un tesoro!» mi ringrazia.
Infilo il dolce in uno dei contenitori *Tupperware* che mi ha regalato mia suocera e cerco di liberarmi di lei. Per fortuna ha chiacchierato a sufficienza durante il pomeriggio e se ne va con il suo trofeo, senza protestare. Appena esce sul pianerottolo afferro il telefono e trovo un altro sms di Fabrizio. "Hai ricevuto il mio messaggio sul corso?"
"Ciao" gli rispondo, "scusa il ritardo, ma ero con Laura. Ho letto il messaggio, ma la donna di cui sopra dice che i posti sono limitati."
"Ha fatto altri discorsi del tipo lontano dagli occhi, lontano dal cuore?"
Gli ho accennato al fatto che, mentre io lo vedo come un bellissimo dio pagano dai capelli del colore dell'ebano e

dagli occhi neri come la tormalina, Laura lo vede come Lucifero. Fabrizio lo trova divertente, e mi sembra anche che gli piaccia avere un segreto. Ci sono giorni in cui a me invece pesa. Non riesco a stargli lontana e non posso resistere neanche un giorno senza sentirlo, ma per quanto averlo nella mia vita sia bellissimo, a volte guardo Davide e non posso evitare di chiedermi che cosa sto facendo. "Sì" gli rispondo infine, "li ha fatti eccome. Ti ho detto che è una fan sfegatata di mio marito."
"Fregatene di quello che pensano gli altri. Solo noi sappiamo cosa proviamo e non intendo sprecare tutto questo."
Sappiamo? Se tu lo sai beato te, vorrei replicare, ma vivo nel terrore che il filo che ci lega sia così sottile che potrebbe spezzarsi da un momento all'altro, perciò tendo a misurare le parole più di quanto sia nella mia natura.
"Domani mi informo sul corso. Appena mi dicono qualcosa ti scrivo" digito.
"Io sono quasi certo di partecipare. Se riuscissimo ad andare entrambi potremmo... be', potremmo finalmente fare l'amore."
Sapevo che sarebbe arrivato a dirmi questo, ma il mio cuore salta comunque un battito. Non so se sono più eccitata o spaventata all'idea. Non ricordo neanche più come sia fare l'amore con qualcuno che non sia Davide. Ammesso che i tentativi che ci sono stati prima di mio marito si potessero chiamare fare l'amore.

"Sempre se non hai cambiato idea" aggiunge, forse vedendo che non rispondo subito.
"Non ho cambiato idea, e non la cambierò." Io, moglie fedele e devota, sto programmando un tradimento. È proprio vero che non bisogna mai dire mai. La vita è imprevedibile.

«Viviana?» mi chiama la mia collega Paola. «Il direttore vuole parlarti.»
«Subito?» le chiedo, dal momento che sono allo sportello.
«Sì, sì, ti aspetta nel suo ufficio. Ti sostituisco io.»
Le lascio il mio posto e percorro i pochi metri che mi separano da quella stanza sperando con tutta me stessa che si tratti del corso. «È permesso?» chiedo entrando.
«Vieni, Viviana, accomodati» mi dice l'uomo che, prima di cominciare a lavorare qui, ho sempre chiamato zio. «Hai letto la mail sul corso di aggiornamento a Firenze?» chiede.
«Sì, l'ho letta questa mattina, perché ieri, quando abbiamo finito, sono scappata a casa» rispondo con la sincerità che il nostro rapporto mi permette di avere.
Giuseppe Barbieri ride. «Alla nostra filiale hanno riservato solo due posti» mi spiega, «e io ho pensato ad Alberto Righetti e a te.»
Vorrei urlare dalla gioia ma, nonostante la confidenza che abbiamo, è opportuno che io mi trattenga. «Per te non è un problema stare fuori un paio di giorni vero? Tu non hai figli…» aggiunge.

Ora mi è chiaro perché la scelta è caduta su di me e non su Laura. Dovrei indignarmi, perché questa altro non è che discriminazione nei confronti del sesso femminile, di cui io faccio parte pur senza prole, ma mi sento al settimo cielo e penso che ci sarà un'altra occasione per combattere questa battaglia.
«Non c'è nessun problema» rispondo, «ho tre settimane per organizzarmi.»
«Prevedo una brillante carriera per te» afferma prima di congedarmi. Avverto una fitta allo stomaco nel sentire pronunciare le stesse parole di mio padre.
Prima di riprendere posto allo sportello recupero la mia borsa dall'armadietto, vado in bagno e invio un sms a Fabrizio: "Buongiorno, il direttore manda me al corso. Mi confermi che ci sarai anche tu?"
Poi raggiungo Paola che mi chiede se ha scelto me. «C'era da aspettarselo» aggiunge. Non ha un tono polemico, e so che anche il mio non essere madre ha giocato a mio favore, ma lo stomaco mi si contorce di nuovo, quasi a ricordarmi che non sono fatta per vivere una vita in cui trovo ogni strada già spianata per me da mio padre. Non voglio pensarci. Non vedo l'ora che arrivi la pausa pranzo per vedere cosa mi ha risposto il mio dio pagano.
All'una e mezza spaccata Laura è già pronta per uscire. «Hai il pranzo o andiamo a mangiarci un panino?» mi chiede.
«Ho solo il dolce» rispondo ridendo, mentre sistemo alcune fotocopie di documenti dei clienti.

«Cosa sentono le mie orecchie!» esclama. «Cos'hai portato oggi?»
«Cupcake al miele.»
«Panino all'*Hurom cafè* e dolcetto al giardinetto lì accanto?» propone. Accetto.
Mangiamo velocemente un toast per poter stare il più possibile all'aria aperta. «Ogni volta che assaggio una delle tue dolcezze fatte in casa» dice Laura leccando la crema al latte, «mi chiedo che capolavori potresti realizzare se avessi a disposizione gli attrezzi di un vero pasticcere.»
«Temo che non lo sapremo mai» rispondo addentando a mia volta il cupcake.
«Mi sembra strano che tu non abbia mai pensato di farne una professione, sei troppo brava perché rimanga soltanto un hobby.» È l'unica a pensarlo, ma se sapesse che un'affermazione così, in questo momento della mia vita, potrebbe essere il pezzo di ghiaccio che dà origine alla valanga, di certo se lo rimangerebbe. «Del resto, la tua vita è perfetta, non vedo proprio perché dovresti voler cambiare qualcosa.» Ecco la chiosa. Non poteva mancare.
Sento vibrare l'iPhone. Finalmente Fabrizio mi ha risposto. "Ti posso chiamare?" mi chiede.
"Sono a pranzo con Laura" digito, aggiungendo una faccina triste.
"Non c'è fretta, ma sono ansioso di organizzare il nostro viaggio a Firenze."

Nostro. Questo aggettivo mi fa uno strano effetto e sento che mi si imporporano le guance, ma per fortuna Laura è troppo intenta a gustare il dolcetto per notarlo.
"Deduco che verrai al corso" rispondo.
"Sì, ma ti confesso che del corso non mi frega un cazzo. Voglio solo vederti. E toccarti. E amarti."
Le sue parole accendono il fuoco dentro di me, e il calore si propaga fino all'inguine, che pulsa di eccitazione.
"Voglio essere tua. Completamente tua" rispondo prima di rimettere il telefono in borsa per non dare troppo nell'occhio. Laura non sembra dispiaciuta di non essere stata scelta da Barbieri e non ha pensato di chiedermi se parteciperà anche Fabrizio. Meglio non svegliare il can che dorme.
«Come sei accaldata» nota una volta terminati i cupcake, «sicura di sentirti bene?»
Più che bene! penso. «Sì, tutto okay, ho soltanto mangiato troppo in fretta.»
Dà un'occhiata all'orologio. «Possiamo aspettare altri cinque minuti prima di rientrare» osserva, «così magari il cibo ti scende un po'.»
Annuisco, ma non sono sicura di aver capito quello che ha detto. Riesco a pensare solo a Fabrizio. Tra tre settimane potrò fare l'amore con lui. Sarò sua e lui sarà mio, forse per un'unica volta. Ma ora non ha importanza.

Frecciarossa diretto a Firenze, ottobre 2011

Quando ho informato Davide che avrei dormito fuori due notti, prima ha emesso un suono simile a un grugnito, poi mi ha detto: «Segna le date sul calendario.» Il corso si tiene nei giorni di giovedì e venerdì, io avrei anche potuto partire la mattina stessa, ma ho sostenuto che mi sarei stancata troppo e che preferivo arrivare la sera prima, in modo da fare le cose con calma, anche se la seconda notte avrei dovuto pagarla di tasca mia. La verità è che io e Fabrizio desideriamo avere più tempo da trascorrere insieme.
Ho fatto il cambio alla stazione di Padova e ora sono sul treno Frecciarossa, che arriverà a Santa Maria Novella alle ore venti e trenta. La prenotazione per giovedì notte era stata effettuata presso il *B&B La Signoria*, così, per comodità, abbiamo scelto di alloggiare lì anche la notte prima. Non ho mai fatto una cosa del genere e l'ansia mi sta uccidendo. Probabilmente non avevo nemmeno mai mentito prima, se escludiamo qualche bugia detta a scuola. La sola cosa che mio marito non sapeva di me è che ho preso una multa per eccesso di velocità. E ora sto per tradirlo, e non per caso, per un colpo di testa o perché ho bevuto troppo. È un tradimento programmato da mesi. Non so a cosa serva che continui a ripetermi che magari sarà una volta sola e che voglio restare con lui, perché qualcosa è cambiato dentro di me, e non nel momento in cui Fabrizio mi ha baciato, ma nell'istante

preciso in cui i miei occhi si sono posati su di lui. Mi viene in mente un post che ho visto su Facebook:

Non esiste il caso, né la coincidenza.
Noi camminiamo ogni giorno
verso luoghi e persone
che ci aspettavano da sempre.

Eppure continuo a opporre resistenza, mi dico che è solo attrazione fisica, che siamo entrambi impegnati, che abbiamo le nostre vite, che siamo lontani e che non c'è futuro. Ma sto solo fingendo di non conoscermi, perché nel profondo del mio cuore alberga la verità che mi ostino a negare: se non provassi qualcosa per lui non sarei mai arrivata a tanto.

Firenze, poche ore dopo

"Il mio treno ha un guasto, siamo in ritardo di mezz'ora" mi scrive Fabrizio mentre io sono in arrivo a Santa Maria Novella. *Merda.*

Il piano era di aspettarlo lì, ma sicuramente il ritardo aumenterà. Il livello della mia ansia cresce in maniera esponenziale. "Ti aspetto lo stesso in stazione?" gli chiedo.

"Mi sentirei più tranquillo se mi aspettassi in albergo."

Convinta di percorrere la strada insieme a lui, non mi sono minimamente preoccupata di cercare il percorso per

raggiungere il *B&B*. Intanto, appena scendo dal treno, telefono a mio marito, quasi a volermi togliere il pensiero.
«Pronto» risponde Davide.
«Ciao, sono io, sono appena arrivata, tutto bene.»
«Okay.» Basta. Non dice altro.
«Sei arrabbiato?» domando, divorata dal senso di colpa per quello che sto per fare.
«No, sto ancora lavorando. Eventualmente ci sentiamo dopo.» Eventualmente. I sensi di colpa si affievoliscono. *Se ne avrò il tempo*, penso. Lo saluto e chiudo la chiamata.
Uscendo dalla stazione incrocio due poliziotti e chiedo loro indicazioni per arrivare a via Calimaruzza. Mi sembra piuttosto semplice, perciò decido di andarci a piedi. In un quarto d'ora sono di fronte al *B&B La Signoria*. Mi registro e salgo in camera.
"A che punto sei?" scrivo a Fabrizio.
"Dovrei essere in stazione per le dieci" mi risponde, "e tu?"
"Io sono seduta sul letto, nella mia stanza."
"Non vedo l'ora di raggiungerti."
"Ti aspetto."
Ho più di un'ora di tempo prima che arrivi l'uomo dei miei sogni. Se avessi fame potrei andare a mangiare qualcosa, ma sono troppo nervosa per pensare al cibo. Visti i programmi ero già pronta per il nostro incontro, ma decido di approfittare del suo ritardo per farmi una doccia. Tolgo le décolleté e le abbandono in un angolo,

poso invece con cura sul letto la giacca, la gonna e la camicia. Poi mi sfilo le autoreggenti e il body in pizzo. Il mio abbigliamento è completamente nero, tranne per la camicia, che è bianca, ed è anche stirata per l'occasione. Raccolgo i capelli per evitare di bagnarli. Ho fatto la piastra prima di partire e non vorrei ritrovarmi ad assomigliare a Osvaldo, il barboncino della mia vicina di casa. Anche se non è freddo, aspetto che l'acqua sia bollente, perché è così che mi piace. Mi insapono con il bagnoschiuma fornito dall'albergo e mi rendo conto che il mio corpo è già proiettato verso quello che sta per accadere, la mia pelle è estremamente sensibile e i capezzoli sono già turgidi. Esco dal bagno e inganno l'attesa accendendo la tv, ma non trasmettono niente di interessante, perciò mi siedo e mi metto a leggere *Lover Avenged, un amore infuocato,* il settimo libro della serie della *Confraternita del pugnale nero.*

"Sono in stazione" mi scrive finalmente Fabrizio verso le dieci.

"Sbrigati, non ce la faccio più ad aspettare" rispondo.

"Qual è il numero della tua stanza?" chiede.

"125."

"Arrivo."

Mi rivesto con cura e attendo. Dopo una ventina di minuti sento bussare e apro senza neanche domandare chi è. Ed è lui. Entra e mi lascia a mala pena il tempo di chiudere la porta. Mi abbraccia e mi alza di peso, facendomi fare una giravolta. «Ciao» mi saluta

posandomi un bacio leggero sulle labbra. Io non riesco a parlare. È così bello che mi manca il fiato. Lo tengo stretto e inspiro il suo profumo. «Ehi» mi sussurra quando si rende conto che non intendo staccarmi da lui. Mi scosto appena e incontro i suoi occhi, scuri come il cioccolato fondente ma lucidi come il caramello.
«Sei… sei vero?» balbetto stringendogli bicipiti. Si toglie la giacca, poi si siede sul letto e mi fa accomodare sulle sue ginocchia. «Penso di poter affermare che lo sono» risponde ridendo. «Sai, la mia stanza è proprio di fronte alla tua, anche se non credo che ci passerò molto tempo» afferma accarezzandomi la schiena. Blatera per un po' del suo viaggio, aspettando che io mi calmi. Non è facile per me, e non tanto perché sono anni che sto con un solo uomo, quanto per l'effetto che mi fa la sua presenza. Dopo tutti questi mesi continua a sembrarmi una divinità, e mi pare impossibile che sia interessato a me. Alla fine però, piano piano, le sue carezze sciolgono la tensione.
«Se riesci a parlare» mi canzona, «vorrei sapere se hai mangiato.»
«No» rispondo. Neanche la più calorica delle mie torte potrebbe placare questa fame, perché è fame di lui e del suo corpo. Mi guarda preoccupato. «È tardi, ma magari troviamo ancora un posto dove mangiare qualcosa» propone. Ma io trovo il coraggio di dirlo. «Ho fame di te» affermo. Sul suo viso si dipinge un sorriso da predatore.

Mi scosta i capelli dall'orecchio e mi sussurra: «Posso baciarti?»
Quel lieve soffio sul mio lobo mi eccita da impazzire e, invece di rispondergli, prendo l'iniziativa. Il mio bacio è leggero e delicato, ma Fabrizio reagisce in maniera famelica. Mi morde le labbra e si fa strada nella mia bocca. Come la prima volta, provo la sensazione di averlo già baciato milioni di volte. Le nostre lingue si muovono all'unisono, e il calore sprigionato da quel bacio si diffonde in tutto il corpo e fa pulsare il mio centro del desiderio. Tiene ancora una mano sulla mia schiena, ma insinua l'altra sotto la gonna e, quando incontra il pizzo delle autoreggenti, emette un gemito di sorpresa e di piacere.
Smette di baciarmi e mi guarda. «Spogliati per me» propone con la voce resa più roca dall'eccitazione. Non mi aspettavo questa richiesta e il mio sguardo deve tradire lo smarrimento, perché riprende a baciarmi e poi quasi mi implora. «Per favore...» sussurra sulla mia bocca.
Non mi sono mai sentita abbastanza a mio agio con il mio corpo da pensare di fare una cosa del genere e, in una frazione di secondo, nella testa mi passano mille pensieri diversi. Alla fine mi concentro soltanto su uno. *Tuo marito non ti guarda più e a mala pena ti tocca, perché non dovresti mostrarti a un uomo che invece ti desidera?*
Mi alzo e, rossa in volto e impacciata nei movimenti, inizio a spogliarmi. Faccio l'errore di partire dalle scarpe,

ma Fabrizio, la cui erezione preme visibilmente contro la patta dei jeans, mi ferma subito. «No, quelle tienile, intanto» suggerisce.
Temo di risultare un po' imbranata, ma sorrido e sbottono lentamente la camicia. Quando inizia a intravedere l'intimo deglutisce sonoramente. «Oh, cazzo» mormora senza staccare gli occhi da me neanche per una frazione di secondo. Poi mi sfilo la gonna, e rimango in body, autoreggenti e décolleté. Prima che possa togliermi qualcos'altro, Fabrizio si alza e mi sussurra: «Fatti guardare. Dio, sei perfetta.»
Mi sento un po' in imbarazzo perché non sono abituata a questo tipo di attenzioni. Davide non mi ha mai osservato con tanta venerazione negli occhi, neanche quando le cose tra noi andavano a meraviglia, ma sono anche molto eccitata. Il tessuto sottile non riesce a trattenere i miei umori che ormai lo impregnano completamente. Sentendomi così bagnata stringo le gambe e lui se ne accorge.
«Cosa c'è?» mi chiede con il sorriso di chi ha già capito tutto. Non aspetta la risposta e allunga una mano per toccarmi. Mi sfiora appena ma il mio corpo viene percorso ancora una volta da quella scarica di elettricità che soltanto il contatto con lui mi provoca. «Mmm, fantastico» sussurra.
Sapere che gli piace quello che vede e quello che tocca mi permette di rilassarmi. «Ora è il tuo turno» gli dico, dal momento che è ancora vestito. Si slaccia le scarpe e in

pochi secondi è in piedi di fronte a me, completamente nudo e vistosamente eccitato. Non ho mai visto niente di più bello in vita mia.
«Sei sicura?» domanda, e nonostante i miei sensi siano obnubilati da tanta bellezza, capisco subito a cosa si riferisce. «Posso non metterlo?» Io annuisco. Ne abbiamo già parlato, e so che con Barbara usa il preservativo perché lei si rifiuta di prendere la pillola per paura di ingrassare; io invece la prendo, e sono sana come un pesce. Mi fido di lui fino a questo punto. *È solo sesso Viviana,* mi ripeto. E poi aggiungo: *sì, come no.*
Non appena gli faccio cenno di sì con la testa mi è addosso, e mi stringe come se ne andasse della sua vita. Mi abbassa le spalline liberandomi i seni, che succhia avidamente, provocandomi sensazioni così forti che non riesco a reggermi in piedi. Mi sfila il body e mi depone sul letto. Si stende sopra di me e la sua erezione sfiora il mio clitoride. Mi sento andare a fuoco per il desiderio di averlo dentro ma, invece di penetrarmi, Fabrizio si abbassa fino a portare la bocca all'altezza del mio sesso.
«Voglio assaggiarti» dice, e poi affonda la lingua tra le pieghe della mia carne. Sa dosare sapientemente delicatezza e forza, e in breve sono vicina all'orgasmo. Non appena se ne rende conto mi penetra con due dita senza smettere di succhiare, e il piacere mi travolge inaspettato.

Sono sconvolta, ma soddisfatta. Fabrizio prende posto al mio fianco. «Tutto bene?» domanda con un sorriso che lo rende ancora più affascinante.
«Io non... Non ero mai...» balbetto.
Mi guarda stupito, ma poi comprende. «Nessuno ti aveva mai fatto venire con la lingua?» Forse sono arrossita, ma sono così accaldata che non posso esserne sicura. Faccio segno di no con la testa. Gli brillano gli occhi. «Che onore» afferma prima di baciarmi, e io sento il suo sapore mischiato al mio. Sale sopra di me e il suo membro si fa facilmente strada nella mia fessura. Gli afferro le natiche nel tentativo di spingerlo più a fondo, ma lui oppone resistenza. «Aspetta» sussurra penetrandomi lentamente, come se volesse godere di me centimetro dopo centimetro. Non appena mi riempie comincia a spingere, e io ricambio ogni colpo. È abbastanza forte da riuscire a sostenersi solo con il braccio destro, quindi con la mano sinistra stuzzica i miei capezzoli eretti. Sento montare un altro orgasmo, Fabrizio spinge più velocemente fino a che non raggiungiamo le vette del piacere, quasi nello stesso momento.
Crolla su di me, ma il peso del suo corpo invece di opprimermi mi dà sicurezza. «Posso restare qui a dormire?» mi chiede, rotolando su un fianco, e si addormenta prima che possa dirgli di sì. Lo accarezzo con le mani che mi tremano, perché so che stanotte non gli ho offerto solo il mio corpo: gli ho offerto il mio cuore.

Il nostro sonno viene bruscamente interrotto dalla *Ballata di Fantozzi*. «Bella la canzone che hai scelto come sveglia» borbotta Fabrizio con la voce impastata, mentre io allungo la mano per far tacere Paolo Villaggio. Mi rendo conto che il suo braccio è ancora intorno alla mia vita. Abbiamo dormito abbracciati per tutta la notte. Non mi vedo, ma sono sicura di avere un sorriso ebete dipinto sul volto.

«Buongiorno» lo saluto.

«Ciao» risponde, stringendomi a sé. Infila il naso tra i miei capelli e inspira il mio profumo. «Mmm, ricominciamo» aggiunge.

Rido. «Stasera» rispondo posandogli sulla fronte un bacio a fior di labbra, «adesso dobbiamo andare al corso. Siamo qui per questo, no?»

«Certo» mi risponde mettendosi a sedere sul letto, «come no.»

Anche assonnato è di una bellezza quasi abbagliante, e io penso che ci sono sogni da cui ti svegli e sogni con cui ti svegli.

Verona, novembre 2011

Sono in coda alla cassa del supermercato e la radio passa una canzone di Francesco Renga e Alessandra Amoroso. *Noi cercheremo l'amore altrove, solo una cosa rimane sicura, ognuno avrà la propria vita e proprio questo fa paura.*
Mi chiedo se è questo che dovrei fare: lasciare la mia vita per costruirne una nuova. Vorrei davvero aprire una pasticceria, ma non saprei da dove cominciare. Non ho abbastanza soldi da parte ma, soprattutto, inseguire questo sogno significherebbe rinunciare non solo al lavoro, ma anche a tutto il resto. Davide mi darebbe della pazza e mio padre non mi perdonerebbe mai se abbandonassi la carriera che lui immaginava per me fin da quando ero in fasce. Forse mia madre capirebbe. Mi riprometto di parlargliene quando andrò a trovarla. Senza farmi sentire da papà, ovviamente.
E poi c'è l'altra questione. Non sono veramente tornata a casa da Firenze. Fisicamente sono qui, ma il mio cuore non è rientrato con me. Anche se a dire il vero è a Torino che si trova adesso, perché l'ho lasciato addosso a Fabrizio. Trascorrere quelle due notti con lui mi ha cambiata per sempre. Non abbiamo mai parlato di sentimenti né ci siamo fatti nessuna promessa, ma io mi sento legata a lui.
«Diciassette euro e cinquanta» mi dice il cassiere, riscuotendomi dai miei pensieri. Pago, salgo in auto e torno a casa.

Ho preso tutto il necessario per preparare le lasagne alla bolognese. Ogni volta che le faccio, mio marito osserva che non sono come quelle che fa sua madre. Non ha mai detto che le sue sono più buone, ma io lo interpreto così, o non lo ripeterebbe ogni volta. Ho deciso quindi di provare la ricetta di *Giallozafferano*. Cucino per tutto il pomeriggio e, oltre alle lasagne, preparo una torta moretta che farcisco con la crema chantilly e decoro con il cioccolato plastico.
Davide rientra alle diciannove in punto. Per un istante dimentico tutti i problemi e sono felice, perché penso che avremo il tempo di trascorrere la serata insieme.
«Bentornato» lo saluto, e mi avvicino per dargli un bacio. Lui si ritrae. «Sono sporco» si giustifica. *Non ti ho mica chiesto di scoparmi subito sopra la tavola*, penso, e il mio buonumore inizia a scemare. Mi sforzo di non protestare nel sentire quella debole scusa e, sorridendo, estraggo le lasagne dal forno e le poso sulla tavola, accanto alla torta.
«Hai visto cosa ti ho preparato per cena?» gli chiedo.
«Ah, sì. Sembra buono» risponde senza nessuna inflessione nella voce. Poi il suo sguardo si sposta sulla portafinestra della cucina. «Ma lavare i vetri no?» aggiunge. Mi va il sangue alla testa e vorrei sbattergli la torta in faccia. Siamo a novembre, è buio e c'è la nebbia e, di fronte a una moglie entusiasta, che ha cucinato tutto il giorno, lui riesce comunque a vedere che le finestre sono sporche.

«Vado a fare una doccia» annuncia, senza rendersi minimamente conto del turbine di emozioni che il suo comportamento ha messo in moto dentro di me. Mi mortifica in continuazione, ma temo che non solo non se ne renda conto, ma che non intenda nemmeno farlo. Davide non è cattivo, è solo un uomo distratto. Un uomo che mi dà ormai per scontata. Così decido di metterlo alla prova.
Apparecchio la tavola e, quando si siede per mangiare, comincio a parlare del fatto che il lavoro in banca non mi piace e che vorrei fare qualcosa che mi faccia sentire realizzata. In risposta Davide prende il telecomando e accende la televisione sintonizzandola sulla replica di un telefilm che abbiamo già visto almeno dieci volte. *Tutto, piuttosto che affrontare la mia infelicità,* mi dico.
Mangia la sua porzione di lasagne in silenzio, ma quando gli chiedo se erano buone, mi risponde: «Sì, ma non sono come quelle che fa mia mamma.»
Il desiderio di spiaccicargli la torta in testa diventa difficile da combattere. Prima di tagliarne due fette, gliela poso davanti, in modo che possa vederla bene. Credo sia una delle torte più belle che io abbia mai realizzato. Le decorazioni (fiocchi, rose e spirali), sono identiche a quelle della rivista da cui le ho copiate. Eppure mio marito non dice una parola. Di fronte a questo risultato può ancora negare che io sia portata per la pasticceria?
«La rosa tienila pure tu» propone mentre mi accingo a tagliare, «tanto non sa di niente.» Reprimo a stento un

commento acido. Ho scelto il cioccolato plastico perché non è solo bello, ma anche buono, cosa che, a mio parere, non si può dire della pasta di zucchero.
«È cioccolato» spiego, sperando che non l'abbia capito.
«Sì, lo so, ma non mi piace. Dai, al massimo mangerò la copertura. E poi lo sai che io preferisco i dolci al cucchiaio a ste torte.»
Inspira, espira. Inspira, espira. Ore di lavoro e lui preferisce i dolci al cucchiaio. Anche a me piace la pizza, ma non la mangio a ogni pasto. Non rinuncio comunque al mio proposito e riprendo il discorso. «Insomma, mi piacerebbe trovare un lavoro che mi dia soddisfazione. Buona eh?» affermo addentando un pezzo di torta. Trovo che mi sia venuta particolarmente bene. È molto soffice, e mi congratulo mentalmente con me stessa per l'idea di aggiungere le gocce di cioccolato alla crema chantilly. «Mi ci vedresti a farlo di mestiere?» chiedo indossando il cappello da pasticcere, che ho sempre in cucina, ma che metto solo per fare scena, come adesso.
«Viviana, non starai dicendo sul serio» mi rimbrotta Davide. «Chi ti ha messo quest'idea in testa? La tua amica Laura?»
Ovvio. Qualcuno deve avermelo messo in testa, perché sua moglie non è in grado di formulare un pensiero da sola. Devo essere molto stupida se mio padre si è preso la briga di programmare la mia vita al posto mio e mio marito ritiene necessario ricordarmi che ci sono le finestre da lavare.

«Perché non riesci mai a farmi un complimento?» chiedo.
«Non è vero, te li faccio sempre.»
«Forse dieci anni fa» replico.
«Oh, ma senti, lo sai cosa provo. Devo stare tutto il tempo a dirti che ti amo? O vorresti che ogni giorno ti dicessi che sei bella e brava?»
«Sarebbe così terribile?» domando, e sento pungere gli occhi. Non voglio piangere. «Sono brava» continuo, «cosa ti costa ammettere che ci so fare con i dolci?»
«Sì, okay, sei brava. Ma non così tanto da farne una professione. Veramente pensi che ti pagherebbero per questo?»
Capisco che non abbia la più pallida idea di quanto costino decorazioni di questo tipo, ma non è questo che mi ferisce, è la fatica che fa ad ammettere che sono capace e il fatto che pensi che non sarei mai all'altezza di mantenermi.
«Lo sai che era il mio sogno. Se lo fosse ancora, non mi sosterresti?» gli chiedo.
«Aprire una pasticceria? Credevo che il tuo sogno fosse sposare me. Lo hai realizzato e adesso dovresti accontentarti di quello che hai.»
Provo l'istinto di urlare e rovesciare tutto quello che c'è sulla tavola. Conto fino a dieci prima di rispondere, ma non faccio in tempo a replicare, perché Davide si alza e mi dice: «Be', io sono tornato presto perché devo vedermi con i ragazzi per organizzare un torneo di calcetto.»

Si veste ed esce, lasciandomi lì a litigare da sola. Prendo il cellulare e telefono a Fabrizio, ma non ricevo risposta. Non riesco più a trattenere le lacrime, e mi ritrovo a piangere, seduta sul pavimento della cucina, con un ridicolo cappello in testa. Mi rendo conto che Fabrizio, e il pezzo di me che gli ho lasciato addosso, c'entrano fino a un certo punto. Questa vita non mi appartiene più, ma o prendo il coraggio tra le mani e cambio tutto, o faccio quello che propone Davide e mi accontento. Non so cosa fare, perché è evidente che non sono felice, ma i cambiamenti mi fanno paura. Così decido di restare ferma qui a piangere, finché non avrò più lacrime.

Torino, giugno 2012

Anche questa volta sono io che sto raggiungendo Fabrizio. Barbara è molto più attenta ai dettagli di Davide, a cui basta che io pulisca e cucini. Non mi guarda più e mi tocca ancora meno, il che forse è un bene, dal momento che io non provo più desiderio per lui. Gli sono affezionata e lo sarò sempre, abbiamo costruito una vita intera insieme, ma il nostro matrimonio ormai è come un abito che un tempo è stato bellissimo, ma che ora è consumato e fuori moda.
Mi sono inventata un'amica a Torino, anche se non è del tutto un'invenzione, perché avevo un'amichetta torinese, conosciuta quando da piccola andavo in vacanza al Lido delle Nazioni, e l'ho ritrovata su Facebook, ma non siamo così in confidenza da passare il fine settimana insieme. Come scusa per un viaggio però, funziona benissimo. Fabrizio invece ha ideato una cena con un ex collega che non vede da tanto, dalla quale rientrerà molto tardi.
Ho scelto un Bed & Breakfast non troppo costoso ma abbastanza centrale e comodo anche alla stazione di Porta Susa. Lo raggiungo senza difficoltà e faccio la conoscenza della proprietaria. È simpatica, ma mi dà l'impressione di una a cui *ghe manca na ruela*. Vuole chiacchierare, mi chiede dove vivo e che lavoro faccio, proprio gli argomenti di cui non ho nessuna voglia di parlare da un po' di mesi a questa parte. Voglio solo salire in camera e farmi una doccia. Sono emozionata

come lo ero quella sera a Firenze, perché è la prima volta che io e Fabrizio riusciamo ad andare a cena insieme, anche se è ormai un anno che portiamo avanti questa relazione. A essere sincera sono sempre emozionata quando si tratta di lui, il cuore va sulle montagne russe, le guance mi si imporporano, mi sudano le mani e perdo la mia parlantina. Proprio come un'adolescente di fronte al suo cantante preferito. Eppure ormai dovrei sapere che è reale, che posso toccarlo e che mi desidera. Mi desidera quanto lo desidero io, così tanto che non possiamo combatterlo.
La proprietaria continua a blaterare, ma io ho inserito il pilota automatico. Torno a prestarle attenzione solo quando mi spiega che mi consegna anche le chiavi della porta blindata e del cancello, perché lei non vive qui, e la notte non c'è nessuno.
Perfetto! penso. La seguo perché vuole mostrarmi come si usano (evidentemente le chiavi piemontesi non sono come quelle venete), e poi cerco di liberarmi di lei confessando che ho bisogno di rinfrescarmi prima di cena.
«Eh sì, la capisco, dopo un viaggio in treno ci vuole una bella doccia» afferma, ma non accenna a volermi lasciare. «La accompagno nella sua stanza» aggiunge, così mi azzardo a sperare che, una volta lì, mi lascerà da sola. La seguo sulle scale e scopro che la mia camera è al terzo piano. L'edificio è piuttosto vecchio e scricchiolante, non è l'ideale per passare inosservati come vorremmo io e

Fabrizio, ma sapere che lei non ci sarà durante la notte mi fa tirare un sospiro di sollievo. Per fortuna è estate e ho solo abiti leggeri, così sono riuscita a infilare tutto dentro il trolley piccolo, o salire le scale sarebbe stata una sfida non da poco. Dopo avermi fatto vedere la stanza, finalmente mi saluta. «Bene, ora che le ho mostrato tutto, posso andare. Qui c'è il mio numero di cellulare» dice picchiettando con un dito il biglietto da visita sopra la cassettiera, «se ha bisogno di qualcosa mi chiami, altrimenti ci vediamo domani mattina.» Faccio cenno di sì con la testa e, appena posa il piede sul primo scalino, chiudo la porta.
Un'ora dopo ricevo un sms da Fabrizio: "Se sei pronta scendi, sto arrivando a piedi perché qui non c'è parcheggio."
Mi do un'ultima occhiata allo specchio: l'abito blu elettrico che ho scelto mi sta d'incanto, evidenzia il décolleté senza segnarmi i fianchi ma, guardando i sandali tacco dodici dello stesso colore che ho indossato, spero che il ristorante non dovremo raggiungerlo a piedi. Afferro la borsetta e un coprispalle e lascio la stanza. È impossibile scendere le scale con queste scarpe senza fare rumore, ma nessuno viene a vedere che succede. Mi sto tirando dietro il cancello senza chiudere a chiave, come da istruzioni, quando sento qualcuno che mi afferra i fianchi e mi tira verso di sé. Si attorciglia un boccolo biondo intorno al dito, poi scostandomi i capelli, mi sussurra all'orecchio: «Ben arrivata, piccola.»

Ogni parte del mio corpo va a fuoco e poi si scioglie. «Ciao» mormoro girandomi verso di lui, e come sempre la sua bellezza mi abbaglia. Si è accorciato i capelli e la barba rispetto all'ultima volta in cui l'ho visto, io lo preferisco più selvaggio, ma devo ammettere che così sembra più giovane.

«Sei stupenda» afferma, e io arrossisco, un po' perché non sono abituata a sentirmi dire certe cose, un po' perché è lui a dirle. Indossa un paio di *Jeckerson* neri e una polo *Ralph Lauren*, e sembra un modello appena uscito da una pubblicità. «Andiamo a recuperare l'auto, che poi ti porto a mangiare da *Goffi*» mi spiega, e io ringrazio il cielo di non dover fare troppa strada a piedi.

«Il tuo sorriso è particolarmente luminoso stasera» gli dico.

«Forse perché mi sento come un ragazzino al primo appuntamento?» confessa.

«Pensavo di essere strana io» affermo, «ma almeno siamo strani in due.»

Appena saliamo in auto mi bacia. Non un bacio fraterno, un bacio appassionato e profondo, che ci lascia entrambi accaldati e senza fiato. *Non ha paura che ci vedano?* mi chiedo, ma non do voce a questo pensiero, per paura di interrompere la magia.

«Allora» domando, «dove hai detto che mi porti?»

«In un bel ristorante» risponde, «a una ventina di minuti da qui.» Ancora una volta mi chiedo se non siamo troppo

vicini a casa sua e se non stiamo rischiando troppo. Forse ho sottovalutato quest'uomo e ciò che prova per me.
Il locale è molto bello, e i piatti davvero invitanti, ma considerato come vogliamo passare la notte, decidiamo di non esagerare con il cibo. Alla fine ordiniamo ravioli al ragù di cinghiale e guanciale di manzo con crema allo zenzero, rinunciando ad antipasto e dessert.
«Se vuoi, dopo un primo round, ci facciamo una passeggiata in centro e prendiamo un gelato da *Grom*» propone Fabrizio, sapendo quanto sono golosa. Gli sorrido. «Non so se sarò disposta a farti fare una pausa, considerato quant'è che non ci vediamo» rispondo.
«Ah, la metti così? Lo sai che mi piacciono le sfide.» All'improvviso sembra avere fretta. Ordiniamo il caffè, poi chiede il conto e ce ne andiamo.
Rientriamo al Bed & Breakfast con la complicità del buio.
«La mia stanza è al terzo piano» gli spiego salendo le scale.
«Un ottimo esercizio per una pigrona come te, dovresti venire a trovarmi più spesso.»
«Mi piacerebbe» rispondo, fermandomi per depositargli un lieve bacio sulle labbra.
Una volta in camera, Fabrizio si accomoda sul letto e mi invita a sedermi accanto a lui. Mi alza le gambe e mi sfila le scarpe. Io lo guardo un po' stupita. «Sì, mi piacciono, anzi, le adoro» afferma guardandomi, «ma so che sei stanca di portarle.» Poi inizia a massaggiarmi i piedi. Io mi stendo, e mi godo il massaggio. Mai in vita mai avrei

creduto che questa parte del corpo avrebbe potuto procurarmi sensazioni così forti, e mi ritrovo a mugolare a ogni suo tocco.
«Deduco che ti piaccia» sussurra. Le sue mani risalgono lungo le mie cosce, poi si soffermano pigre a disegnare cerchi sul mio ventre, e infine mi sfilano l'abito dalla testa, lasciandomi con addosso solo il mio completino nuovo verde smeraldo. Fabrizio disegna le linee del mio corpo a ritroso, fino a tornare a occuparsi dei piedi. Non so dire per quanto tempo mi massaggi le estremità, ma a un certo punto sento che sale lungo i polpacci, smette di fare pressione e inizia ad accarezzarmi delicatamente. Il mio corpo si inarca per il desiderio. «Ti voglio» affermo, e alzando gli occhi su di lui, vedo che si sta spogliando. Lo fisso incantata e il mio sguardo indugia appena sotto i suoi addominali, dove i muscoli disegnano quella V che sembra volermi indicare la strada per il Paradiso. Sale sopra di me, e sento l'erezione premere sulla pancia. Sapere che sono io a fargli quell'effetto è estremamente eccitante. Mi sgancia il reggiseno e sta per sfilarmi gli slip quando si ferma.
«Oh cazzo…» sussurra, e mi sfiora sopra il tessuto. Mi rendo conto di quanto sono bagnata. «È per me?» mi chiede. «Tutto questo è per me?» Annuisco, incapace di formulare una frase di senso compiuto perché il desiderio mi ottunde la mente. «Sei perfetta, perfetta» aggiunge. Poi finalmente me le toglie. Sta per penetrarmi quando squilla il suo telefono.

«Merda!» esclama. «Devo rispondere, è la suoneria del padre di Barbara.» Scende dal letto, infila la mano in una tasca dei jeans ed estrae il cellulare. «Signor Giraudo. Come sarebbe è caduta dalla scala? È in pronto soccorso? Sì, sono da *Goffi*, mi dia il tempo di fare la strada.»
«Barbara ha avuto un incidente?» chiedo.
«Sì, è caduta dalla scala. Merda, non fa mai un cazzo, cosa si è messa a fare stasera?» si lamenta. Si sta rivestendo e io lo guardo, come se non riuscissi a comprendere fino in fondo cosa sta succedendo. «Piccola, io… io devo andare.»
Allora capisco. Capisco che mi sta lasciando per andare dalla sua ragazza. Perché io sono solo la sua amante, e Barbara avrà sempre la precedenza su di me. Devo accompagnarlo, aprirgli il portoncino, aprirgli il cancello… Lui è già vestito, io mi riscuoto e indosso gli slip, l'abito e le scarpe e, senza parlare, scendiamo le scale. Lo accompagno fuori e per un istante ci guardiamo negli occhi. A me viene da piangere. «Mi dispiace» si scusa Fabrizio, poi si gira e se ne va. Senza un bacio, senza un saluto. Ha molta fretta di raggiungere la sua donna. O forse ha paura di suo padre, non so perché, ma ho questa sensazione.
Torno nella mia stanza e accendo la televisione, nel tentativo di non sentire i miei pensieri. Dopo qualche ora ricevo un suo sms. "Barbara si è slogata un braccio, non è così grave. Scusa se sono dovuto scappare, mi farò perdonare al più presto."

Non gli rispondo, è meglio che ci dorma sopra, anche se dubito che riuscirò a dormire. Non sono arrabbiata, in realtà lo capisco. Cosa avrei fatto io a parti invertite? Se fosse stato Davide ad avere un incidente domestico, non sarei forse corsa da lui? Ho due uomini, ma nessuno dei due mi appartiene davvero. Mio marito non mi appartiene più, perché la frattura che si è creata tra noi non può essere sanata, Fabrizio invece appartiene a un'altra donna. *E a suo padre.* Questo pensiero prende forma nella mia testa.

Il problema è che mi sto perdendo anche io, divisa tra ciò che sono, ciò che vorrei essere e ciò che gli altri vogliono che io sia. Mi sto facendo fregare dalla paura. Fingo di non sapere cosa voglio, ma dentro di me lo so. Quanto tempo ci vorrà prima che io trovi il coraggio di essere davvero me stessa?

Squilla il telefono, e ovviamente è lui, che mi chiama perché non ho risposto al suo messaggio. Io rispondo, e capisco che tra noi non è ancora finita.

Il mio mondo nei tuoi occhi

romanzo

All'uomo che amo.

Prologo

Torino, febbraio 2013

Sono in arrivo a Porta Susa con mezz'ora di ritardo. Troppo per aver preso una Freccia, troppo poco per chiedere il rimborso di una parte del biglietto. Non permetterò che questo imprevisto rovini il mio buonumore; se anche fossi arrivata in orario sarebbe stato già buio e avrei comunque dovuto camminare da sola attraverso la città, per raggiungere il Bed & Breakfast. Non è la prima volta che io e Fabrizio ci incontriamo qui, è comodo per me da raggiungere a piedi, senza dover prendere i mezzi pubblici o un taxi, ed è abbastanza lontano da casa sua perché il rischio di essere visto sia basso, ma abbastanza vicino perché non ci metta troppo ad arrivare.
Appena entro nel B&B la proprietaria mi riconosce e, dal momento che non sa che lui mi raggiunge durante la notte, mi chiede: «Sola anche questa volta?»
«Mi piace viaggiare leggera» rispondo sorridendo. La mia battuta scatena una grassa risata, eccessiva a mio parere, ma continuo a sorridere.
«Io me ne vado alle diciannove, come sempre» aggiunge mentre mi consegna le chiavi del portone, del cancello e della camera nel sottotetto. Non è la mia preferita perché mi costringe a fare tre piani di scale in un edificio piuttosto vecchio e rumoroso, mentre io e Fabrizio

desidereremmo essere invisibili a tutti, tranne che l'uno per l'altra, ma non intendo lamentarmi.
A ogni scalino che faccio maledico il fatto che sia inverno, perché sono stata obbligata a scegliere il trolley più grande, dato che nell'altro, una volta infilato un maglione, non ci sarebbe entrato più nemmeno uno spillo. Dopo essere arrivata in camera ed essermi sistemata, lancio un'occhiata all'orologio e vedo che manca ancora un'ora prima che l'uomo che amo passi a prendermi per cenare insieme. Sorrido al riflesso che mi rimanda lo specchio perché ho il tempo di farmi una doccia, di truccarmi, e anche di darmi una sistemata ai capelli. Non ci vediamo da sei mesi e voglio che gli manchi il fiato nel momento in cui i suoi occhi si poseranno su di me.
Mentre mi godo il getto caldo sul corpo gelato, sento il trillo che contraddistingue l'arrivo di un messaggio. Vengo assalita da un brutto presentimento, mi sciacquo alla buona ed esco dal bagno. Afferro lo smartphone e, dopo aver letto il messaggio, lotto contro il desiderio di lanciarlo addosso al muro. Anche questa volta la compagna di Fabrizio non vuole che ceni fuori, e insiste perché raggiunga *i suoi amici* solo dopo cena. Vorrei urlare, invece mi limito a rispondere: "Va bene. Scrivimi quando arrivi così vengo ad aprirti."
Torno sotto l'acqua bollente e mi siedo sul piatto della doccia. Non riesco a trattenere le lacrime. Andiamo avanti così da quasi due anni. Non ne posso più di dover

sottrarre alle nostre vite i minuti per stare insieme, come se ciò che proviamo fosse qualcosa di terribile da tenere nascosto. Poi però mi chiedo cos'avrei fatto io se fosse stato lui a raggiungermi nella mia città e Davide mi avesse chiesto di uscire più tardi. Per quanto sia incazzata so benissimo che le nostre relazioni ufficiali vengono prima.

Rinuncio al progetto di mettermi in ghingheri per la serata, mi asciugo i capelli senza curarmi di dar loro nessuna piega, indosso i jeans e il maglione che avevo durante il viaggio e scendo con l'idea di mangiare qualcosa nell'osteria a due passi da dove alloggio. Una volta in strada però, mi rendo conto che l'appetito è passato del tutto, così svolto verso il viale principale e cammino finché non raggiungo la gelateria Grom. Entro e chiedo una cioccolata calda, che sorseggio rimanendo seduta sulla scomoda panca di cui è dotata questa catena, osservando dalla vetrata le persone che passeggiano. Ci impiego cinque minuti in tutto e non so come fare a trascorrere il tempo che mi separa dall'arrivo di Fabrizio. Decido di guardare un po' le vetrine, non mi piace camminare da sola di notte, ma il venerdì sera Torino è un fiume di gente e mi sento piuttosto al sicuro. Dopo dieci minuti però cambio idea, penso che sia meglio aspettarlo leggendo un libro che girovagando a vuoto, così mi incammino verso il Bed & Breakfast.

Una volta in camera indosso il perizoma e la guêpière che mi ha regalato per il mio compleanno, in modo da essere

già pronta al suo arrivo, poi mi metto a letto con l'ultimo thriller di Kathy Reichs. Sopra però infilo il maglione perché fa un freddo cane. E comunque dovrò vestirmi quando arriva, tre piani di scale mezza nuda è decisamente meglio non farli.
Alle dieci ancora non si è fatto sentire e inizio a spazientirmi. Nel frattempo mi telefona Davide per sapere se sono arrivata *a casa della mia amica* e se è tutto a posto. Devo sforzarmi moltissimo per apparire normale e mi chiedo come abbia potuto infilarmi in questa situazione, io, che non sono affatto portata per le menzogne, e in realtà nemmeno per l'infedeltà coniugale. Certe cose però ti travolgono, anche se per tutta la vita hai creduto che a te non sarebbero capitate mai. Ero già infelice quando ho conosciuto Fabrizio e, anche se ho lottato con tutta me stessa contro questo sentimento, sono costretta ad ammettere di essermi innamorata di lui all'istante. Per Davide ormai sono più una coinquilina che una moglie e quando abbiamo smesso di fare sesso, è crollata anche l'ultima barriera. Io avevo un marito, lui una compagna, sarei dovuta scappare a gambe levate, ma non ce l'ho fatta. Forse non ho neanche davvero provato a resistere. Sono attratta da lui come una falena dalla luce e, anche se negli anni, proprio come questo insetto quando sbatte ossessivamente contro una lampada, mi sono fatta male, non riesco a cambiare strada. Alle undici ricevo un messaggio: "Sto partendo."

Mi sorreggo la testa con una mano perché so che gli serviranno almeno quaranta minuti per arrivare da me, ma la gioia che mi dà sapere del suo arrivo è più grande della delusione di aver perso tre ore insieme a lui. "Scrivimi quando sei qui" rispondo.
Finisco per appisolarmi, stanca per il lavoro e per il viaggio, ma mi sveglia lo squillo del telefonino. "Scendi!"
Non gli rispondo nemmeno, infilo i jeans e le scarpe, non mi curo di chiudere la stanza, afferro le chiavi, e mi scapicollo giù per le scale. Quando cerco di aprire il cancelletto, che è ormai la sola cosa che ci separa, sono così agitata che quasi non ci riesco. Lo sento ridere, perché è consapevole che quando ci rivediamo dopo così tanto tempo vengo assalita da tremori come un'adolescente che si è presa una cotta per il ragazzo più figo della scuola. Alla fine spalanco il cancello e davanti a me appare l'uomo più bello che io abbia mai visto. Non riesco a trovare un difetto su quel viso, i capelli e la barba ben curati gli conferiscono un'aria sempre elegante, e le piccole rughe che si stanno formando intorno ai suoi occhi sembrano esaltarne la forma.
«Ciao» mi dice abbracciandomi e baciandomi sulla bocca, fregandosene altamente del fatto che potrebbero vederci. Ricambio il bacio inspirando il suo profumo, avvolta immediatamente dalla magia che solo il contatto con il suo corpo mi provoca.

Saliamo le scale alla stessa velocità con cui le ho percorse per scendere e, quando vede che continuo ad andare su, mi chiede: «Siamo di nuovo in piccionaia?»
Gli sorrido ma non rispondo, e percorro l'ultima rampa che ci separa dalla camera. Spingo la porta che avevo socchiuso e lo invito a entrare. Fabrizio si sfila la giacca e le scarpe e si siede sul letto; io lo imito accomodandomi accanto a lui. «Allora, come sta la mia piccola stella senza cielo?» domanda accarezzandomi la nuca e tirandomi dolcemente a sé. Lo bacio velocemente e, senza allontanarmi troppo da lui, rispondo: «Sto bene, e tu?»
«Bene, adesso che sono con te.»
«Non c'è imprevisto che possa separarci» sussurro sulle sue labbra, e poi non parliamo più. Fabrizio mi attira a sé e il bacio si fa più profondo. Dischiudo la bocca e permetto alla sua lingua di entrare e avvolgere la mia. Il calore generato da questa danza si irradia lungo il mio corpo, attraverso la pancia e giù, fino all'inguine, che sento pulsare di desiderio. Le sue mani si fanno strada sotto i vestiti e, quando capisce che cosa indosso, gli sfugge un gemito. Mi stuzzica i capezzoli attraverso la stoffa della guêpière prima di sfilarmi il maglione. Poi mi invita ad alzarmi e io mi tolgo velocemente i jeans mentre lui si libera degli abiti, rimanendo in boxer.
«Fatti guardare» mormora con la voce resa ancora più roca dall'eccitazione. «Finalmente te li vedo addosso» aggiunge sorridendo, e io sento le gambe tremare e le ginocchia cedere. Non posso resistere di fronte al suo

sorriso, potrebbe chiedermi qualsiasi cosa e io gliela concederei. Mi aggrappo a lui per non cadere e, sicura che mi sostenga, infilo le mani nei boxer, afferrando quelle natiche sode e attirandolo a me. Sento la sua erezione premere sulla pancia e gli abbasso i boxer per ammirarla. Il desiderio di accoglierlo nella mia bocca è fortissimo, ma Fabrizio approfitta del fatto che io mi stia abbassando per girarmi dolcemente e farmi mettere a novanta gradi sul letto.
«Sei perfetta» sussurra nel mio orecchio spostando il perizoma di lato. Ho sempre odiato questa posizione, che espone la parte di me che amo di meno, ma credo a ogni parola che esce dalla sua bocca, e perfetta è il modo in cui mi sento adesso. Sono così pronta per lui che mi penetra con un unico affondo che fa emettere un grido a entrambi. Lui pompa dentro di me e io stringo i muscoli della vagina per dargli più piacere. Non posso vederlo, ma sono sicura che abbia gli occhi chiusi e quel sorriso sghembo che mi fa impazzire. Dopo poco però si stacca da me e io provo una sorta di smarrimento, privata della sensazione di pienezza che il suo membro mi regala.
Mi fa stendere sul letto e abbassa la guêpière esponendo il mio seno destro e torturandomi piacevolmente, prima strizzandolo tra le dita e poi succhiandolo avidamente. Sono ancora più eccitata di quanto già non fossi e non appena Fabrizio se ne accorge mi spoglia completamente e affonda il viso nel mio sesso. Sembra che voglia divorarmi, sa quanto mi piace e lo galvanizza sapere di

essere l'unico, tra tutti gli uomini che ho avuto, in grado di portarmi all'orgasmo in questo modo.
«Dammi… un attimo… di tregua… » ansimo conficcando le unghie nei suoi bicipiti, così vicina a raggiungere l'apice da non riuscire a ragionare. Non mi risponde, ma lo vedo fare segno di no con la testa per il breve istante in cui si stacca da me, e riprende subito a succhiare e leccare il mio clitoride. Quando sono ormai al limite infila due dita dentro di me e io urlo di piacere mentre cavalco uno degli orgasmi più travolgenti che mi abbia mai regalato.
Ho ancora gli occhi chiusi quando sento le sue forti braccia che mi sollevano e mi girano. Avvertire il peso del suo corpo mi ha sempre fatto sentire al sicuro. Fabrizio intreccia le sue dita alle mie e mi sussurra: «Sei mia, tutta mia», mentre mi penetra da dietro. Fatico ad articolare le parole, ho la salivazione azzerata per l'eccitazione e la mente obnubilata dall'orgasmo, ma voglio rispondergli. «Lo sai che sono tua» mormoro, e non è mai stato così vero. Ormai appartengo totalmente a quest'uomo, corpo e anima.
Vorrei cambiare posizione per averlo sotto di me. Desidero condurre io il gioco e regalargli il piacere che lui mi ha appena donato. Smetto di rispondere alle sue spinte e cerco di girarmi su un lato. Nel compiere questo movimento incontro il suo volto e mi fermo per un istante a guardare i suoi occhi stupendi, che racchiudono il mio intero universo. Lo bacio, e lui esce da me per concentrarsi sulla mia bocca. Mi esplora lentamente ma

con sicurezza, mordicchia le mie labbra e mi permette di fare altrettanto. Quando mi bacia così, senza fretta, mi sembra di raggiungere un'intimità ancora più profonda che nel fare l'amore. Viso contro viso, respiro contro respiro.
«Sotto di me» dico nella sua bocca. Sorride, e in un istante ci ritroviamo esattamente nella posizione che volevo. Adoro il modo in cui riesce a maneggiare il mio corpo nonostante io non sia un fuscello.
Adesso sono io che detto legge, e inizio a muovermi piano perché non voglio che finisca troppo in fretta. Fabrizio cerca di imprimere velocità ai miei movimenti, ma afferro le sue braccia e gliele porto sopra la testa, tenendole bloccate con le mie. Ovviamente potrebbe avere la meglio su di me in un istante, ma mi lascia fare. Divento un po' egoista e, prima di dedicarmi a lui, mi regalo un secondo orgasmo.
«Ora tocca a me però» dice sorridendo. Ricambio il sorriso e lo cavalco con più foga. Le emozioni che vedo scorrere sul suo volto mi sembrano sempre la cosa più bella che io abbia mai visto, ma ogni volta rimango estasiata di fronte all'espressione che fa quando raggiunge le vette del piacere. La luce che appare nei suoi occhi, le rughe che gli si formano sulla fronte, la bocca che si stringe per dar voce a un «Oh» sommesso. Ecco le cose più belle su cui si siano mai posati i miei occhi.
Stremati, ci stendiamo l'uno accanto all'altra. Mi accarezza una coscia e io disegno piccoli cerchi sul suo

bicipite mentre gli bacio l'incavo del collo. Devo lottare contro il desiderio di morderlo perché non posso lasciare segni. Mi scalda con il suo corpo e, in breve, scivoliamo nel sonno.

«Merda!» Sto dormendo beatamente quando sento questa imprecazione. Il corpo di Fabrizio si allontana dal mio. «Piccola, scusa, sono le quattro, devo tornare a casa.»
Ovviamente significa che deve tornare da lei. Annuisco e ci rivestiamo entrambi senza parlare. Scendiamo le scale in silenzio e, una volta fuori, apro il cancelletto. «Spero di liberarmi e di poterti vedere anche domani» mi dice prima di baciarmi e andarsene. E io rimango lì, a osservarlo di spalle mentre si allontana da me, per l'ennesima volta.
Quando mi rendo conto di essere ormai intirizzita per il freddo, chiudo il cancello e torno in camera. Appena apro la porta vengo accolta dal suo odore. Mi siedo sul letto, affondo il viso nel cuscino e comincio a piangere. Sono mesi che cerco di farmi bastare quello che mi dà e che mi ripeto che sono questi gli istanti che valgono una vita. Ma io voglio di più. Voglio essere la donna da cui Fabrizio torna a casa dopo una giornata di lavoro. Avrò mai il coraggio di dirglielo? Avrò mai il coraggio di lasciare Davide perché, indipendentemente dal futuro di questa relazione, non sono più felice? Rimango con mio marito perché ho paura che Fabrizio non desideri affatto quello che desidero io, e restare da sola mi spaventa più che

essere infelice? E come posso sapere cosa vuole se non glielo chiedo? Sono una codarda, una codarda che mente all'uomo che un tempo ha amato e, in fondo, anche a se stessa. Perché questo non mi basta, non mi basta affatto, e non posso più raccontarmela. Mentre sono assorta in questi pensieri ricevo un messaggio. "Ogni volta mi ripropongo di dirtelo e poi non lo faccio mai."
Mi ama? Fabrizio mi ama?

Capitolo I

Bologna, febbraio 2016

"Non so a che ora arrivo, apri tu il negozio?"
Comincio la settimana con un messaggio di Nicoletta che, tanto per cambiare, è in ritardo. Non c'è una volta che sia pronta all'orario stabilito, ormai però, ci ho fatto l'abitudine.
"Okay" digito alzando le spalle. Come se avessi scelta.
Quando arrivo trovo molte cose fuori posto, come ogni lunedì dopo che è passata la signora che abbiamo assunto perché pulisca a fondo il negozio nel giorno di chiusura. Ho tutto il tempo di sistemarle come piace a me prima di alzare la serranda. Nel momento in cui lo faccio, noto un volto familiare entrare nel bar dall'altra parte della strada. Scuoto la testa. Impossibile. Che diavolo potrebbe farci a Bologna? Liquido l'impressione che ho avuto pensando che la mia fervida immaginazione mi abbia giocato un brutto scherzo, e riepilogo nella mente i programmi della mattinata.
Devo finire di decorare la torta per il compleanno della figlia dell'insegnante di Zumba di Nicoletta, ma finché la mia amica e socia non arriva, non posso rintanarmi nella cucina sul retro. Mentre sto calcolando quanto tempo mi servirà per terminare Elsa e Anna, entra una signora di una certa età.

«Cache e flouer?» dice storpiando il nostro nome. «Che significa? E buongiorno cara» aggiunge avvicinandosi al bancone.
«Cakes and flowers» la correggo sorridendo, «significa torte e fiori signora, e buongiorno a lei!»
«Quindi è una pasticceria con fioraio?» chiede stupita.
La sua definizione è estremamente divertente e mi sfugge una risatina. «Più o meno» le spiego, «io e la mia collega realizziamo composizioni di fiori e torte decorate, per feste ed eventi.»
«Perciò se io volessi una frittella con la crema sarei entrata nel locale sbagliato.»
Non è una domanda, ma le rispondo comunque. «Sì signora, però se gira a destra e prosegue lungo questo viale per circa trenta metri, prima dell'incrocio troverà, sempre sulla destra, la famosa pasticceria Sassi.»
«Oh grazie, grazie mille cara, per fortuna ci sono ancora persone gentili a questo mondo» borbotta uscendo. E Nicoletta quasi la travolge.
«Oh, mi scusi! Sono in ritardo!» esclama la mia amica in perfetto stile Bianconiglio.
La signora la guarda perplessa prima di seguire le mie indicazioni. «Ciao Viv» mi saluta infine, dopo aver posato a terra le mille borse che porta sempre con sé. Comincia a estrarre tutti i suoi arnesi di cui, dopo due anni, ignoro ancora l'utilizzo. «Ho preso un nuovo paio di forbici e uno spinarose, del fil di ferro, un po' di spugna…» e mentre mi elenca ogni cosa che appoggia sul

tavolo penso che, se non facessimo due cose diverse in due stanze separate, questa società non sarebbe mai potuta nascere. Non capirò mai come riesca a lavorare in mezzo a un tale caos. «Sono un'artista!» mi risponde quando glielo chiedo, e ogni volta che vedo una sua creazione prendere vita, non posso che essere d'accordo.
«Vado a finire le principessine di Frozen» le spiego prima di sparire per qualche ora nella mia cucina.

Arrivano le diciannove e trenta senza che me ne renda conto. Vedo la testa di Nicoletta spuntare da dietro la porta, mentre sto preparando i panetti di pasta di zucchero per il giorno dopo. «È ora di chiudere, ma petite» mi esorta. Da quando ha letto i romanzi della Hamilton mi chiama con l'appellativo che Jean-Claude riserva ad Anita.
«Pulisco il tavolo e arrivo» rispondo annuendo. Dal momento che tengo all'ordine, me la sbrigo abbastanza in fretta quando è ora di chiudere. «Possiamo andare» dico poco dopo.
Uscendo, il mio sguardo cade sulla porta del bar, ed emetto un sospiro. «Ehi, tutto bene?» chiede la mia amica.
«Sì» replico, ma non ne sono sicura.
Passeggiamo una accanto all'altra fino al parcheggio, poi ci salutiamo e io mi dirigo verso il mio appartamento.
Quando cerco di aprire la porta mi rendo conto che non è chiusa a chiave. *Merda*, penso, ma subito dopo ricordo di

aver dato un mazzo a Matteo. Infatti, appena entro, lo vedo seduto sul divano, mentre guarda 'Orange is the new black.'
«Ciaooo» strilla. Ha solo qualche anno meno di me, ma a volte mi sembra ancora un bambino. Un bambino che ha aspettato che rincasassi seduto sul divano, quando avrebbe potuto benissimo mettere a bollire l'acqua per la pasta. O almeno ordinare una pizza. Prendo nota mentalmente di aver fatto una cazzata.
«Ciao» saluto. Non fa nemmeno la fatica di alzarsi per darmi un bacio. Mi ricorda il mio ex marito dopo sette anni di matrimonio. Peccato che io e Matteo ci frequentiamo da sei mesi. E sono già stanca. Invece di dargli le chiavi di casa avrei dovuto dargli il benservito. Il problema è che mi fa un'enorme tenerezza. Ho iniziato a uscire con lui proprio perché mi faceva tenerezza. *Aveva ragione Nicoletta,* penso, *avrei dovuto adottare un cucciolo!*
Apparecchio la tavola e preparo una frittata al formaggio. «È pronto» urlo, come una madre che deve mettere a tavola la famiglia. E all'improvviso realizzo di essere di nuovo triste. Certo, l'impresa ha ormai ingranato e finalmente abbiamo un bel margine di guadagno, ma cos'altro ho nella mia vita, a parte il lavoro? Io e Nico gli abbiamo dedicato così tanto tempo che abbiamo perso quasi tutte le altre amicizie, e la prima volta che siamo uscite a divertirci ho conosciuto questo bellissimo ragazzo e mi sono accontentata. Matteo mi dà un lieve

bacio su una guancia prima di accomodarsi a tavola, e questo gesto mi fa sentire ancora più simile a sua madre.
Chissà se avrei avuto comunque questi pensieri, se oggi non mi fosse sembrato di vederlo. Nonostante il dolore che mi ha inflitto, mi manca. Difficilmente un giorno intero trascorre senza che il mio pensiero vada a lui almeno una volta. Il mondo ignora che siamo stati insieme, eppure è stato il grande amore della mia vita.
Sospiro, ma Matteo neanche se ne accorge. Ingurgita la cena e torna dove l'ho trovato quando sono rientrata.
Io mi infilo sotto la doccia calda, indosso una camicia da notte trasparente al posto del mio solito pigiama di pile, e vado a letto a leggere. Dopo un'ora il ragazzo non ha ancora schiodato il culo dal divano, e io comincio ad avere freddo. Proprio quando sto per alzarmi e infilarmi la vestaglia felpata con i cagnolini, mi raggiunge in camera.
Lancia uno sguardo che non lascia dubbi, io gli sorrido e chiudo il libro. Si toglie maglione e canotta con un solo gesto, e sale sul letto in ginocchio. Mi libero delle coperte e mi metto davanti a lui nella stessa posizione. Accarezzo ogni suo muscolo, dai pettorali agli addominali, fino a raggiungere la V che spunta dai jeans che ha ancora addosso. Il cucciolo ha un gran bel fisico, non c'è che dire.
Gli sbottono i pantaloni e abbasso gli slip, liberando la sua erezione, che punta dritta contro di me. Nel vederlo così eccitato il mio corpo reagisce all'istante. Mi sento umida e prontissima a essere penetrata. Questo però non

significa che ogni tanto non mi piacerebbe fare qualcos'altro. Invece Matteo, come sempre, si sfila i jeans, mi fa mettere supina, mi toglie gli slip, indossa il preservativo, ed entra dentro di me. Vorrei urlare. Non mi bacia, non mi accarezza, non mi lecca, al massimo mi concede una palpatina al seno. Non che sia egoista, non chiede mai niente nemmeno per se stesso. Qualche volta abbiamo avuto rapporti orali, ma non riesce a portarmi al culmine e preferisce terminare sempre col missionario. Che. Noia.

Non c'è six pack che tenga di fronte a tutto questo. Quando finisce mi chiede: «Ma tu? Sei venuta?» Non ce la faccio a rispondergli. Gli accarezzo il viso e gli sorrido. Ricambia il sorriso, esce da me e va in bagno.

Imbranato!, penso. *Mettila come vuoi, ma è veramente un imbranato! E tu sei una scema un po' masochista.*

Credevo che dovessimo solo conoscerci, trovare il ritmo, adattarci l'uno all'altra e così, invece di mollarlo dopo un paio di rapporti poco riusciti, ho portato avanti questa cosa per mesi, facendola diventare una relazione.

Brava Viviana, bravissima, sei di nuovo in trappola! Nicoletta si sganascerà quando glielo racconterò, aveva capito subito che il ragazzino non sarebbe stato in grado di soddisfarmi. Mi chiedo come farò a dirgli che è meglio troncare, mi sembrerà di picchiare un cagnolino. Mentre questa terribile immagine prende forma nella mia mente, Matteo torna a letto, biascica un «Buonanotte» e si addormenta in una manciata di secondi. Sospiro per l'ennesima volta in questa giornata e mi rimetto a leggere.

Stranamente la mattina dopo, quando arrivo in negozio, trovo la mia socia già all'opera. «Ho ricevuto un ordine on line all'ultimo secondo» mi spiega allegramente, «dovrò lavorare come una pazza per consegnarlo stasera, ma si tratta di una valanga di soldi e non potevo rifiutare!»
Da quando abbiamo aperto il sito internet riceviamo richieste di preventivi anche negli orari più assurdi, però è innegabile che si arrivi ovunque e che la nostra clientela sia aumentata in maniera esponenziale.
«L'ordine prevede qualche lavoro anche per me?» domando.
«No, ma petite» risponde, «tu sei disoccupata oggi.»
«Ti spiace se mi siedo qui e ti guardo lavorare?»
Nicoletta mi osserva per un istante tenendo un paio di forbici a mezz'aria, poi chiede: «Matteo?»
Io mi limito ad annuire.
«Te lo avevo detto che era una mezza calzetta, te lo avevo detto!»
«Nico!» la rimprovero. «Non è una mezza calzetta, è solo che non ci prendiamo. Credo.»
«Oh, ti pregooo» commenta trascinando la O all'infinito. «Qualunque uomo saprebbe come prenderti, hai capito? Uomo.»

«Non è mica un bambino, ha solo qualche anno meno di me…» lo difendo.
«Ma petite, l'età anagrafica non conta. Hai incontrato un bimbo che cerca solo il suo piacere e se ne infischia di darlo a te.»
Rimango in silenzio per un secondo, indecisa se dirle tutto o no. Alla fine vuoto il sacco. «Non è neanche così in realtà. Non mi chiede mai niente nemmeno per se stesso. Mi scopa sempre e solo nella posizione del missionario ed è contento così.»
Nicoletta scoppia a ridere talmente forte che le vengono le lacrime agli occhi, ed è costretta a posare sul bancone sia i fiori che gli attrezzi che stava utilizzando. La guardo malissimo. A me non viene da ridere per niente.
«Mio Dio!» esclama infine asciugandosi le lacrime con il grembiule. «Scusa, perdonami. Non sto ridendo di te, giuro, ma mi è venuta in mente quell'immagine di Facebook che dice 'È inutile avere la tartaruga sulla pancia se in testa hai un criceto in prognosi riservata.'»
«Quello ha il pitone in prognosi riservata» bofonchio, facendola ridere ancora di più.
«Non mi dirai che non gli funziona neanche l'attrezzo, perché altrimenti chiamo la nettezza urbana e lo buttiamo direttamente nell'umido!»
«No, funzionare funziona, ma non lo sa usare, cazzo!» mi lamento.
«Okay, seriamente» dice la mia amica. «Il sesso fa schifo e da quello che mi hai raccontato nelle ultime settimane, mi

pare che la vostra vita sociale sia paragonabile a quella di due pensionati.» Non rispondo, ma annuisco piegando la bocca in una smorfia molto eloquente. «Ti conosco abbastanza da sapere che ti sentirai come se stessi sparando sulla Croce Rossa, ma non vedo alcun motivo per portare avanti questa relazione. Sarò sincera, se mi avessi detto che non vi muovevate mai e che ti annoiavi, ma che il sesso era da urlo, ti avrei consigliato di tenertelo finché non avessi trovato un uomo che sapesse darti entrambe le cose.»

Non mi stupisce che dica questo, la mia amica è molto più pratica e cinica di quanto non sia io, nonostante le delusioni che mi ha riservato la vita in campo amoroso.

«Lascialo Viv» aggiunge, «non sprecare di nuovo il tuo tempo con un uomo che non ti dà ciò che vuoi. E che meriti.»

Ha centrato in pieno il punto. La vita è troppo breve perché io la sciupi con qualcuno che non è in grado di soddisfarmi. In nessuno ambito.

Capitolo II

È passata una settimana e non sono ancora riuscita a scaricare Matteo. Per fortuna non l'ho più trovato ad aspettarmi a casa e, nel fine settimana, ha accettato un invito in montagna da parte dei suoi ex compagni di liceo, così io ho colto la palla al balzo per procrastinare.
Sto decorando i 'Red velvet cupcake' con una crema al burro, quando sento la porta aprirsi e Nicoletta che mi chiama: «Viviana?»
Non usa mai il mio nome e la cosa mi mette subito sul chi vive. Poso la sac-à-poche e vado a vedere cosa sta succedendo. Appena esco dalla cucina mi fulmina con lo sguardo e mi indica l'orologio.
Vedo Matteo che passeggia nel nostro negozio e, esattamente come farebbe un bambino curioso, tocca ogni cosa che abbiamo in esposizione. Alzo le spalle come per dirle che non ho la più pallida idea di cosa ci faccia qui.
Lavora nella ditta di suo padre, anche se, nel vederlo a quest'ora, comincio a pensare che lavorare sia una parola grossa.
«Amore» dice quando mi vede, e quell'appellativo mi fa contorcere le budella.
«C-ciao» borbotto in risposta. Proprio non mi aspettavo questa visita.
«Perché non fai una pausa?» propone subito Nicoletta. «Non hai ancora preso un caffè questa mattina!»

«Sì, andiamo al bar!» esulta Matteo, che non ha capito che la mia socia non è preoccupata che io abbia un calo dell'attenzione, piuttosto desiderosa di liberarsi di lui al più presto.
Restare da soli mi mette di fronte a una scelta: dirgli la verità o rimandare ancora. Realizzo che non posso più aspettare perché, in questi giorni in cui siamo stati lontani, non solo non mi è mancato, ma mi sono liberata di quel costante senso di soffocamento che ho avvertito negli ultimi mesi. Mi tolgo il grembiule, indosso il piumino e lo invito a seguirmi.
«Mollalo» mima la mia amica con le labbra. Io annuisco e con la coda dell'occhio noto l'espressione trionfante che spunta sul suo viso mentre usciamo.

«Buongiorno Viviana» mi saluta Fabio, il barista. Ricambio il saluto, ordino due caffè macchiati e suggerisco a Matteo di sederci.
«Ho pensato di venirti a trovare perché sono un sacco di giorni che non ci vediamo!» esclama contento.
«A proposito di questo...» comincio io.
«Mi sono divertito con i miei amici» mi interrompe, «ma mi piace molto di più stare a casa con te.»
Le immagini di interi fine settimana trascorsi a vegetare sul divano quando ero sposata con Davide, si affacciano vivide alla mia memoria, e il panico mi assale.
«Matteo!» esclamo in tono di rimprovero. La voce mi esce più alta di quanto avrei voluto e lui sgrana gli occhi.

«Cosa c'è?» domanda allarmato.
«Ti sembra che le cose vadano bene tra noi?» chiedo a volume più accettabile.
Mi guarda come se gli avessi chiesto la formula alchemica per trasformare il piombo in oro.
«Sì» afferma poi. «Perché? Non è così?»
«Io non sono...» cerco la parola adatta. Sto per dire *felice*, ma temo che abbia un significato troppo grande e troppo sfuggente per lui. «Non sono soddisfatta.»
Mi sembra cogliere il significato esatto della parola, che include anche il lato sessuale della nostra relazione e, per la prima volta da quando lo conosco, vedo brillare qualcosa nei suoi occhi. Solo che questo qualcosa è una scintilla di rabbia.
«Cosa vorresti dire?» chiede digrignando i denti.
«Vuoi la verità?» domando, ma non aspetto una risposta. «Sembriamo due vecchi pensionati, sposati da cinquant'anni.»
«Che cazzo stai dicendo?»
«La verità, sto dicendo! Non usciamo mai, stiamo sempre a casa a sfondare il divano, e non nel modo in cui dovrebbero sfondarlo due persone che si frequentano da sei mesi...»
«Perciò, quando dici che non ti soddisfo... intendi anche a letto?»
Mi sto pentendo di aver avuto fretta di chiudere questa relazione. Ho sopportato tanto, potevo resistere ancora un po'. Questo non è un discorso da affrontare in un bar.

Soprattutto in un bar che frequento tutti i giorni. Ormai però sono in ballo e devo ballare, perciò non mi resta che annuire. A questo punto Matteo ha una reazione totalmente inaspettata.
«Oh, scusami tanto!» urla. Tutta la clientela si gira a guardarci. «Quando ti ho conosciuto non avevo proprio capito che fossi una ninfomane!» Estrae le chiavi di casa mia dalla tasca del cappotto, le lancia con violenza sul tavolo ed esce sbattendo la porta. Per un istante tutti mi guardano e io rimango seduta immobile, a fissare la tazzina che contiene il caffè che non ho nemmeno bevuto. Fabio però corre in mio aiuto.
«E così sei una ninfomane» dice mentre libera il tavolo. «Molto, molto interessante» aggiunge ammiccando a un paio di clienti maschi. Qualcuno ride, poi però l'attenzione verso di me scema, e ognuno torna a dedicarsi a quello che stava facendo prima della sparata di Matteo.
«Tutto bene?» chiede poi a bassa voce. Faccio cenno di sì con la testa.
«Sicura?» insiste. «Posso chiudere per mezz'ora e riaccompagnarti a casa.»
Sono certa che le sue intenzioni siano buone, lo conosco da un tempo sufficiente a metterci la mano sul fuoco, ma non ne ho bisogno.
«È tutto a posto, davvero» rispondo. Non avrei mai immaginato che Matteo potesse comportarsi in quel modo, tirare fuori le palle proprio nel momento sbagliato

e con l'intento di umiliarmi, ma a pensarci bene è un atteggiamento coerente per un bambino viziato.
Allungo due euro a Fabio, che li rifiuta scuotendo la testa.
«Offre la casa» dice sorridendo. «Oggi direi che è il minimo.» Ringrazio e torno in negozio.
Nicoletta mi aspetta a braccia conserte. «Allora?»
«Non si vede?» domando. «Libera come una farfalla e leggera come una piuma.» Ed è veramente così che mi sento, una volta superato lo stupore iniziale.
«Reazione da mezza calzetta?» chiede.
«A dire il vero non proprio» replico, e le racconto la scenata. La mia amica mi guarda prima allibita, poi perplessa.
«Quello non è un bambino» chiosa infine. «È proprio un coglione!»
Non posso che dargliene atto. «Avevi ragione su tutta la linea» aggiungo.
«Che ne diresti allora di darmi ragione anche sul fatto che dobbiamo divertirci di più?»
Nonostante quello che mi è appena successo, mi viene da ridere. Nicoletta non si ferma mai. «Perché ridacchi?» mi domanda infilando rose nella spugna umida.
«Perché ho appena scaricato il mio ragazzo e tu mi stai proponendo di rimettermi subito in pista!»
«A voler essere precisi ti sei solo liberata della zavorra che ti impediva di volare in alto, ma petite.» Ha sempre la risposta pronta. Da quando la conosco sarò riuscita sì e no un paio di volte a metterla in difficoltà.

«Dai, dai, dai» insiste, «usciamo stasera?»
Nicchio un po', ma alla fine cedo. Non mi sento certo in lutto per la fine della mia relazione, però questa volta non mi accontenterò del primo bell'uomo che mi farà la corte.

Ci incontriamo nel solito parcheggio poco lontano dal negozio e decidiamo subito di evitare il locale dove ho conosciuto Matteo, nel caso fosse già a caccia di un'altra sostituta della madre. La mia amica propone una birreria in centro e io accetto perché, nonostante viva a Bologna ormai da un po', non sono certo un'esperta di locali.
Mentre sorseggio la mia bionda piccola, un uomo si avvicina al nostro tavolo. «Le velineee» dice imitando Ezio Greggio. Se crede di essere originale, si sbaglia di grosso. Dal momento che siamo una bionda e una mora, e che entrambe abbiamo i capelli lunghi, è una battuta che sentiamo praticamente ogni volta che usciamo insieme, soprattutto da parte degli uomini della nostra età.
Si presenta e cerca di intavolare una conversazione ma, per nostra fortuna, capisce presto che non siamo interessate all'articolo e se ne va.
«Figo a ore tre!» esclama a un certo punto Nicoletta mentre stiamo parlando di tutt'altro. «Si sta apropinqui… appropinquo… e che cazzo! Sta venendo qui!»

Volto leggermente lo sguardo e vedo *il figo* che osserva le nostre consumazioni. «Altre due birre per le signorine» chiede alla cameriera.
«Oh, no!» protesto. «Grazie, ma non ti devi disturbare.»
«Nessun disturbo» replica riservandomi un sorriso Durban's. Io mi limito a ricambiare, ma Nicoletta lo invita a sedersi. È un bel ragazzo, alto e moro. I muscoli delle braccia fanno tendere le maniche della giacca del completo grigio che indossa, e sono pronta a scommettere che si sia tolto la cravatta e sbottonato la camicia appena prima di entrare qui.
Ci servono da bere e intanto chiacchieriamo del più e del meno. Scopriamo che si chiama Alessio, che ha studiato giurisprudenza e che ora lavora presso uno studio di avvocati lì vicino. Ecco il perché del suo abbigliamento elegante.
È evidentemente interessato a me, io però sto sulle mie. Non sono dell'umore giusto, è stata una giornata lunga e pesante, e inizio ad avvertirne la stanchezza.
«Ragazzi, io andrei» dico alzandomi.
La mia amica mi guarda basita, Alessio invece imita il mio gesto. Prende un tovagliolino, estrae una penna dal taschino e mi scrive il suo numero. Apprezzo molto che abbia avuto la delicatezza di non chiedere il mio, perciò lo ringrazio e lo accetto. Si china per baciare sulle guance Nicoletta, che è ancora seduta, e poi fa lo stesso con me. Prima di andarsene però, mi stringe in un leggero abbraccio.

«Stronza» mi apostrofa poi la mia amica, guardandolo allontanarsi.
«Perché?» chiedo.
«Perché ti lasci scappare uno così!» brontola.
Sbuffo e lei mi mette il broncio. «Ma se me ne stavo andando per lasciarvi soli!» mi giustifico.
«Bella scusa del cazzo!» replica. «L'avvocato aveva occhi solo per te… Neanche se avessi danzato di fronte a lui indossando soltanto dei copri capezzoli avrebbe preferito me!»
«Un tantino colorita, ma chiarissima» fingo di rimproverarla.
«Comunque non ti capisco» riprende. «È un pezzo di manzo non indifferente, perché non te lo sei portato a casa?»
«Nico» le spiego, «oggi ho lavorato come un mulo, ho lasciato uno che frequentavo da sei mesi e mi sono presa della ninfomane. Non ti sembra che sia abbastanza per un giorno solo?»
«Non hai pensato che magari ti avrebbe fatto passare un po' di cattivo umore?»
«Non sono così disperata da ricominciare una relazione nello stesso giorno in cui ho chiuso quella precedente.»
«Relazione?» gracchia. «Ma petite, dovevi solo scopartelo, mica sposartelo!»
«Anche se non urli, ti sento lo stesso» la rimbrotto. «Al barista e alle cameriere non interessa la mia vita sessuale!»

«Ops!» dice facendomi la linguaccia. «Dal momento che ormai la preda è fuggita, possiamo anche tornare a casa.»
«In ogni caso, ho sempre il suo numero» concludo sventolando il tovagliolino. Poi lo piego e lo infilo in borsa.
Sto indossando il piumino, quando avverto un brivido lungo la spina dorsale. Mi viene la pelle d'oca e inizio a tremare. Esiste una sola persona al mondo capace di provocarmi queste sensazioni. Mi guardo intorno, ma lui non c'è. Ovviamente.
Nicoletta, ignara di tutto, mi prende sotto braccio e, mentre usciamo, mi dice: «Peccato che ce ne stiamo andando proprio adesso, era appena entrato uno che mi pareva giusto il tuo tipo.»

Capitolo III

Mi sembra di essere tornata a scuola. Qualcuno ha infilato un bigliettino con scritto il mio nome sotto la serranda del Cakes & Flowers e io, che sono curiosa proprio come allora, lo leggo prima ancora di aprire il negozio.
All'inizio penso che si tratti di spazzatura, ma non è stata una notte ventosa, e difficilmente avrebbe potuto incastrarsi così bene spinto soltanto dall'aria. Quando mi chino a raccoglierlo noto che la carta è molto bella; mi ricorda quella che usavo durante gli anni del liceo, per scrivere le lettere alla mia amica di penna francese. Il foglio è piegato in quattro, all'esterno c'è il mio nome e dentro soltanto una frase:

Sei la più bella del mondo…

Sull'angolino in basso a destra c'è un numero di telefono, ma non è firmato. Rimango lì in piedi per qualche secondo, rigirando il foglietto tra le mani. Alla fine lo infilo in tasca e sollevo la serranda che avevo abbandonato a metà.
Nicoletta arriva subito dopo di me. «Ho un mal di testa…» esordisce senza neanche salutarmi.
«Buongiorno anche a te! Non abbiamo più l'età per certe cose» replico imitando il biascicare di un'anziana senza

dentiera. Non solo non la faccio ridere, ma mi guadagno uno dei suoi sguardi ostili.
Mi tolgo il piumino e la sciarpa e vado in cucina. Preparo un tè, rubo un muffin con il cuore morbido dall'ordine della signora Moro, ci disegno sopra un cuoricino con la crema al burro e servo il tutto alla mia amica sul vassoio con i gattini, insieme a una bustina di Oki Task.
«Offerta di pace» le dico sorridendo. Lei afferra il muffin dal vassoio prima ancora che io abbia avuto il tempo di posarlo sul bancone. Fa colazione e prende l'antinfiammatorio senza dire niente, ma la conosco abbastanza da sapere che in una ventina di minuti sarà come nuova.
Mentre aspetto che si riprenda, comincio a confezionare i muffin. Ogni tanto mi piace lavorare a qualcosa di semplice e devo ammettere che, se si tratta di feste per bambini, per quanto siano coreografiche le mie torte, penso che la semplicità sia più indicata e anche più apprezzata.
Meno di mezz'ora dopo la mia socia è in piedi di fronte a me. «Be'?» domanda. «Non è che poi ieri sera ci hai ripensato, hai chiamato l'avvocato, e hai passato la notte a fare cose che farebbero impallidire tua madre? E la mia ovviamente.»
«No» rispondo. «Mi dispiace deluderti, però una novità, che tu di certo troverai succulenta, ce l'ho.»
«Spara, ma petite.»

Lego l'ultimo fiocco alla confezione e torno nella sua metà del regno. «Allora?» chiede impaziente.
Recupero il biglietto dalla tasca del mio piumino e glielo porgo facendo: «Ta dan!»
«E che è sto coso?» chiede strappandomelo dalle mani. «Sei la più bella del mondo» legge. «Oh, oh. L'avvocato?»
Mi do silenziosamente della scema per non aver pensato prima di controllare se il numero fosse quello di Alessio.
«Non lo so» rispondo. «Non ho confrontato i numeri!»
Corro nel disimpegno dove si trova il mobile in cui infiliamo le borse e altri effetti personali che non vogliamo lasciare in giro, e prendo il tovagliolino con il numero di Alessio.
«Certo che come detective fai proprio cagare!» mi urla intanto Nicoletta.
«Ma si può sapere perché gridi sempre?» la rimbrotto.
«Sarà perché invecchiando sono diventata anche sorda» risponde ancora indispettita dalla mia battuta mattutina.
Comincio a leggerle il numero, ma mi ferma al prefisso.
«Non è l'avvocato» dice pensierosa. «Non sarà mica Matteo?» domanda.
«No, il suo finiva con… non ridere… sei sei sei.»
«*Six six six, the number of the beast*» comincia a cantare.
«Nico?»
«*Hell and fire was spawned to be released*» continua.
«Ti ho persa!» esclamo mentre saltella per la stanza cantando e fingendo di suonare la chitarra. Quando ritiene che la sua performance possa considerarsi

conclusa riprende l'indagine: «Non hai davvero idea di chi possa essere?»
Faccio segno di no con la testa. «Dovrai calarti nei panni di Jessica Fletcher per scoprire chi sia il mio ammiratore segreto.»
«Cazzo!» grida. «Non nominare quella vecchiaccia porta sfiga che non ho palle da toccare a portata di mano!»
Io rido, ma Nicoletta continua a studiare il bigliettino. «Possibile che non ti venga in mente nessuno? Un ex fidanzato? Qualcuno che ci ha provato con te e che può avere scoperto che lavori qui?»
Alzo le spalle. Mi sento lusingata dall'interesse che un uomo misterioso dimostra per me, ma riguardo la sua identità brancolo nel buio.
«Ma petite» dice infilando il messaggio in un vaso per caramelle vuoto, «non ci resta che aspettare e vedere se ci vengono forniti ulteriori indizi.»
«Se non ci fosse il mio nome direi che è un errore» penso a voce alta.
«Ma come!» mi rimprovera subito la mia amica. «Una donna romantica e sognatrice come te non si sta già facendo un film?»
La verità è che vorrei che quelle parole fossero state scritte dall'unica persona che il mio cuore non riesce a dimenticare, ma la mia testa sa che non è possibile, e non solo perché lui è a Torino, ma perché non sono più nei suoi pensieri. Se mai lo sono stata davvero.
«Era un film di serie B» mugugno.

«Cos'hai detto?» chiede Nicoletta.
«Niente, niente» mi affretto a rispondere. «Torno ai miei muffin!»

Torino, febbraio 2013

"Ogni volta mi ripropongo di dirtelo e poi non lo faccio mai." Quando ricevo questo messaggio mi chiedo se Fabrizio voglia dirmi che mi ama.
"Cosa non mi hai mai detto?" digito con le mani che tremano per l'emozione. Ma l'emozione diventa terrore, perché la sua risposta non è quella che speravo.
"Viviana, non possiamo andare avanti così. Quando ti vedo sono attratto da te a tal punto che non ho la forza di dire niente, ma la situazione sta diventando insostenibile."
Anche per me sta diventando insostenibile, ma non per i viaggi che sono costretta a fare, per i soldi che spendo o per le scuse che devo inventare. Per me è insostenibile emotivamente. Lui non intende la stessa cosa, dalle sue poche parole intuisco che vuole rompere, non portare la nostra relazione a un altro livello. Piango dal momento in cui se n'è andato, ma dopo questa rivelazione inizio a singhiozzare. Non so cosa rispondere. Forse è anche colpa mia se le cose stanno prendendo questa piega. Non sono stata del tutto sincera con lui, perché non riuscivo a esserlo nemmeno con me stessa. Era più facile credere di potermi accontentare di una relazione extraconiugale

piuttosto che ammettere che desideravo una nuova vita con lui. E proprio nel momento in cui la cosa si fa lampante e non posso più mentire a me stessa, Fabrizio mi invita a chiudere.
Dopo qualche minuto ricevo un altro messaggio. "Viviana?", seguito poco dopo da: "Ti sei già addormentata?"
Come può pensare che riesca a dormire? Sì, fisicamente sono stanca, e fino a qualche istante fa mi sentivo anche appagata, ma la moltitudine di sentimenti che si agita dentro di me, lo impedisce. E sono pronta a scommettere che sarà così per molte notti a venire. Sono arrabbiata, delusa, spaventata e, soprattutto, infelice.
Mi faccio coraggio e con le dita ancora tremanti gli scrivo: "Non hai capito un cazzo, quindi è meglio chiuderla qui."
Mi telefona. Rimango con il dito in bilico sopra il tasto verde, ma alla fine non rispondo. Una vocina nella mia testa mi dice: *non è un comportamento da persona matura.* In questo momento però non sono un'adulta matura e responsabile, sono un'adolescente respinta dal ragazzo di cui è pazzamente innamorata.
Lancio letteralmente il telefono nella borsa, mi spoglio e apro l'acqua nella doccia. Quando diventa bollente mi ci ficco sotto. È così calda che per un attimo mi illudo che possa sciogliermi. Se potessi annullarmi non sentirei più questo dolore opprimente. Avverto un peso sul petto, lo stomaco è stretto in una morsa, le mani e le gambe non

smettono di tremare e la testa mi pulsa perché continuo a piangere a dirotto. Com'è possibile che un sentimento, qualcosa che non si può nemmeno vedere, mi abbia ridotto in questo stato? Ingoio le lacrime e anche un po' di acqua corrente mentre dico a voce alta: «Signore e signori, l'amore fa male.»

Capitolo IV

Bologna, febbraio 2016

«Se la tua bellezza è furiosa e nobile, è qualcosa che somiglia alla parte migliore di meee…»
Nicoletta è arrivata in negozio prima di me e sta cantando. «Buongiorno» la saluto entrando. «Siamo di buonumore oggi, eh?»
La mia amica ridacchia e mi sventola sotto il naso il vaso di caramelle. Mi accorgo che i bigliettini sono diventati due.
«Non dirmi che ce n'era uno anche stamattina!»
Annuisce. Io cerco di infilare la mano nel vaso per prenderlo, ma lei lo allontana da me appena in tempo.
«Nico!» protesto.
Lei non dice niente e continua a cantare il ritornello della canzone di Francesco Renga. «È indirizzato a me?» mi azzardo a chiedere, ma in risposta ottengo solo una risatina. «Intendi farmelo leggere oppure no?»
«Soltanto se indovini…»
«Oh! Finalmente dici qualcosa! Mi stavo stancando di parlare da sola… Se indovino cosa?»
«Se te lo dicessi, non potresti più indovinare.»
Tolgo il piumino, deposito la borsa, mi allaccio il grembiule e mi lego i capelli. «Be' signorina Vescovi, dato che lei è la prima a dire che come detective non valgo niente, anche se a dirla tutta, ha usato un'espressione

molto più colorita, quando avrà voglia di condividere il suo indizio con me, saprà dove trovarmi.»
Nicoletta fa un gesto con la mano come se scacciasse una mosca. So che vuole dirmi di andare e di non farmi più vedere finché non avrò indovinato. *Che cazzo devo indovinare proprio non lo so!,* mi ripeto mentre la mia cooking machine nuova fiammante monta a neve gli albumi.
Mentre sciolgo il cioccolato fondente mi ritrovo anche io a canticchiare 'La tua bellezza'. E poi ho un'illuminazione. Mollo tutto e raggiungo la mia amica.
«La canzone!» urlo. «La frase sul bigliettino è il ritornello della canzone di Renga!»
«Complimenti!» replica la mia amica battendo le mani per prendermi in giro. «Ha vinto la possibilità di leggere il messaggio indirizzato a lei e che io le ho sottratto» aggiunge sorridendo.
«Dì la verità» le domando guardandola in tralice, «hai puntato la sveglia prima per battermi sul tempo nel caso l'uomo del mistero avesse lasciato un altro biglietto?»
«Risposta esatta!» esclama. Alzo gli occhi al cielo e infilo la mano nel vaso. I biglietti sono stati scritti sulla stessa carta e sono quindi perfettamente identici, ma fortuna vuole che io estragga quello giusto. Proprio come il primo, anche questo riporta il mio nome e, quando lo apro, oltre alla frase c'è di nuovo il numero di telefono in basso a destra.
«Viv» dice Nicoletta, «perché non telefoni?»

«Adesso ti riconosco!» esclamo. «A essere sincera mi sono stupita che tu non mi abbia invitato a telefonare già ieri.»
«Perché questa novità movimenta un po' la nostra routine e Dio solo sa quanto ne abbiamo bisogno! Ammetto che mi sono alzata presto proprio perché speravo di trovare un altro biglietto, ma credevo che ci avrebbe dato qualche indizio in più, invece nada, niet, nisba.»
«Comunque la tua è violazione della privacy!» la rimprovero.
«Eh, adesso! Senti che paroloni. È solo un foglietto di carta da formaggio che ho trovato casualmente sotto la nostra serranda…»
«Te la do io la carta da formaggio! È una bellissima carta da lettere!»
«Va bene, va bene, non ti scaldare! Non volevo mica dire che il tuo ammiratore misterioso non ha buon gusto, anche se…» fa una pausa, «se avesse davvero buon gusto, corteggerebbe me!»
«Nico, se non l'hai notato, tutti i tuoi attrezzi molto appuntiti sono sparsi sul bancone, proprio qui davanti a me…» la minaccio.
Alza le mani in segno di resa. «Okay, okay, io telefonerei, ma se proprio non vuoi, allora sarà meglio rimettersi al lavoro.»
Le lancio una caramella Rossana e la colpisco proprio in fronte. «Anche quando mi fai male, lo fai sempre con

dolcezza» mi dice mentre scarta il corpo del reato e se lo mangia, facendo sparire le prove della mia colpevolezza.

Il giovedì mattina io e Nicoletta ci troviamo a pochi metri dal Cakes & Flowers, una di fronte all'altra, come due pistoleri pronti a sfidarsi a duello. Vedo spuntare la carta color crema sotto la serranda e scatto in avanti. La mia amica fa la stessa cosa, ma i mazzi di fiori che tiene in mano la rallentano e arrivo per prima. «Ho vinto, ho vinto!» grido trafelata.
«È stata solo questione di culo» replica lei.
In risposta, mi giro e le shakero il fondoschiena proprio davanti al naso. Scoppia a ridere. «E leggi!» mi intima subito dopo. Apro il bigliettino, piegato in quattro come sempre:

Tu per me sei sempre l'unica
straordinaria, normalissima
vicina e irraggiungibile, inafferrabile, incomprensibile…
…ma amici mai
per chi si cerca come noi
non è possibile
odiarsi mai per chi si ama come noi
sarebbe inutile…

Sospiro. *Chi mai può essere a scrivermi queste frasi così romantiche?*, penso.

«Uh!» sento esclamare alla mia amica, che mi mette in braccio un mazzo di rose, in modo da aprire il negozio, dato che io me ne sto lì impalata a riflettere. «Adesso abbiamo una traccia! Forse anche due.»
«Non ti seguo» affermo.
«Per fortuna che hai guardato tutte le puntate della 'Signora in giallo'!» replica. «Se ti vedesse Angela Lansbury ti darebbe una bella sberla proprio qui» dice colpendomi sulla nuca, «perché non hai imparato un cazzo!»
«Ahia!» mi lamento toccandomi dove mi ha schiaffeggiato. «Sappi che ti stai confondendo con Gibbs di NCIS» protesto.
Ci prepariamo per la giornata che ci attende, dobbiamo finire la consegna per la grande festa di compleanno del figlio del sindaco. Nessuna delle due però sembra intenzionata a mettersi al lavoro.
«Continua a sembrarmi impossibile che non ti venga in mente nessuno» sbuffa Nicoletta.
«Nessuno» rispondo.
«Aggiungo che dovresti telefonare, così taglieremmo la testa al toro…»
La guardo malissimo. «Cazzo, ma petite!» riprende. «Di cos'hai paura? Hai stravolto la tua vita, ti manca il coraggio di fare una telefonata?»
«Non mi manca il coraggio Nico, il fatto è che tutto questo è come un bel sogno, e io non voglio svegliarmi» confesso, e mentre lo dico, mi rendo conto che è proprio

così. Finché non scopro chi è a lasciarmi questi messaggi, posso illudermi che sia Fabrizio, anche se razionalmente so che è impossibile che si tratti di lui.
«Va bene, va bene, allora continuiamo la caccia al tesoro, anzi, all'uomo misterioso» riprende la mia amica. «In fondo finalmente abbiamo due indizi.»
«E che indizi sarebbero, di grazia?» chiedo.
«Mamma mia, bisogna davvero spiegarti tutto!»
«Cosa vedi scritto lì fuori?» domando indicando l'insegna del negozio.
«Srew...» balbetta Nicoletta leggendo al contrario.
«Gne, gne, spiritosa. Cakes & Flowers, non Viviana Castelli investigatore privato!»
Alza gli occhi al cielo. «Mi pare chiaro che il tuo ammiratore segreto è un amante della musica italiana» mi rivela.
Io rimango in silenzio per un attimo. «Ma il primo biglietto...» bofonchio. «Ah, era Raf!»
«No, aspetta» mi interrompe. «Stai dicendo che l'hai capito solo adesso?» Non dico niente, ma il mio sguardo è di certo molto eloquente.
«Alleluja!» esclama. «Meglio tardi che mai!»
«E il secondo indizio?»
«Il secondo è che quest'uomo ti conosce.»
Lo afferma con una sicurezza tale, che adesso sembra ovvio anche a me.

«In effetti» azzardo, «i primi due messaggi potevano essere stati scritti da qualcuno che mi apprezzava solo per il mio aspetto, ma il terzo...»
«Ci stai arrivando, eh?» afferma Nicoletta con un moto di orgoglio, come se fossi un'allieva che finalmente ha imparato la lezione.
«La frase di oggi però, lascia intendere che abbiamo un passato...»
«Se non l'ha buttata lì a casaccio, e io non credo, aggiungerei un passato sostanzioso e burrascoso.»
Il suo nome prende di nuovo forma nella mia mente, ma la mia parte razionale continua a scacciarlo.
«E se fosse il tuo ex marito?» ipotizza la mia amica.
Mi viene da ridere. «Davide? Ma figurati!»
«Be', lui sa dove trovarti e non sarebbe la prima volta che tenta di riconquistarti...»
Scuoto la testa. «No, fidati. Ci siamo sentiti qualche giorno fa perché, a causa di un disguido burocratico, sono ancora la beneficiaria della sua polizza sulla vita. Abbiamo quasi litigato al telefono. Davide non è di sicuro.»
«Uffa, allora al momento non ho altri candidati a Mister canzone d'amore» si rammarica Nicoletta.
«Adesso dedichiamoci al lavoro, prima che il sindaco decida di farci chiudere! Al resto penseremo domani!» concludo.

Capitolo V

Chiudiamo mezz'ora prima in modo da passare di persona a fare la consegna a casa del nostro primo cittadino. Non siamo state ingaggiate per l'allestimento, perciò siamo convinte di cavarcela in fretta, ma quando arriviamo, troviamo la moglie in lacrime.

«Non è venuto» singhiozza. «Mi era stato detto che era il più bravo d'Italia, ma non è venuto!»

«L'organizzatore non si è presentato?» chiedo offrendole un Kleenex. Annuisce. «Non risponde al telefono! E nemmeno mio marito perché è in Consiglio comunale» aggiunge asciugandosi gli occhi. «Mio figlio compirà 18 anni soltanto una volta, e la sua festa è rovinata. Rovinata, capite?»

Io e Nicoletta ci scambiamo uno sguardo d'intesa. «Ci pensiamo noi!» afferma convinta la mia amica.

«Non ce la farete mai, non avete abbastanza tempo» protesta.

«Tra quanto arriveranno gli invitati?» domando.

«Due ore» risponde tirando su con il naso come una bambina. La abbandoniamo alla sua preoccupazione e facciamo un veloce giro esplorativo. Quando alzo lo sguardo verso la scalinata che immagino conduca al reparto notte, la mia amica scuote la testa.

«Se si accontenta che venga allestito soltanto il piano terra possiamo farcela» spiego alla signora, che ritroviamo nel punto esatto in cui l'avevamo lasciata.

Annuisce singhiozzando ancora, ma ci pensa la mia socia a riscuoterla. «Madame, dove sono i palloncini, i festoni e le decorazioni?» le chiede.
«Niente...» sussurra tra le lacrime. «Non ho niente, doveva portare tutto lui, io mi sono fidata dell'amica che me l'ha consigliato e ora la festa di mio figlio è rovinata...»
Nicoletta alza gli occhi al cielo nel sentirla ripetere la stessa solfa. «Signora Bellini!» la riprende. «Le faccio un elenco delle cose che ci servono, veda di procurarcele alla svelta.»
Una domestica, accorsa provvidenzialmente, le porge carta e penna. La mia amica scrive e consegna il foglietto alla padrona di casa. «Ma dove posso andare a quest'ora?» piagnucola.
Se potessi sentire i pensieri di Nico in questo momento, credo che sarebbero più o meno così: *Ohm, ohm... Ohm un caz! Dai donna, vediamo di darci una svegliata!* Invece si limita a consigliarla: «Il centro commerciale Il Borgo è aperto fino alle ventuno.»
Sghignazzo sapendo quanto le sta costando trattenersi, ma un po' la invidio per i suoi modi spicci; io non avrei mai il coraggio di riservare un trattamento simile alla moglie del sindaco, anche se devo riconoscere che era esattamente quello di cui aveva bisogno.
La nostra ospite parte affidandoci alla domestica e noi scarichiamo il Fiorino, che stiamo ancora pagando a rate, e ci mettiamo subito all'opera. Ci dedichiamo per prima

cosa alla sala da pranzo, dove gli invitati trascorreranno la maggior parte del tempo. Purtroppo mi ricorda la sala del castello del mio pranzo di nozze, dove il legno la faceva da padrone. Il pavimento è in parquet, le pareti sono color vaniglia e pesanti tende con ricco drappeggio a caduta laterale schermano le finestre. I mobili sono di legno lucido, così come l'enorme tavolo che si trova al centro della sala e le sedie, la cui imbottitura è in tessuto damascato chiaro.
Nicoletta se la cava benissimo perché aveva realizzato le composizioni floreali già con l'idea che venissero disposte in determinati luoghi, io invece discuto con la domestica perché non voglio disporre la torta al centro del tavolo e insisto con il suggerire che sarebbe opportuno presentarla nel momento clou della festa o allo scoccare della mezzanotte. Riesco a convincerla, ma il nostro duello non è terminato, perché non le piace il fatto che abbia distribuito muffin, cupcake e cioccolatini anche sui mobili.
«Non le sembra che il suo allestimento sia un po'… sbarazzino?» mi chiede con evidente intento polemico.
«Certo che sì!» rispondo fingendo di non coglierlo. «Nicola compie 18 anni!»
Se ne va lanciandomi un'occhiata piena di sdegno e lasciandomi da sola a finire. Nicoletta si gira verso di me e scoppia a ridere. Quando riesce a smettere afferma: «Interessante fuori programma questa sera.»

«Ne avrei fatto volentieri a meno. Non che avessi di meglio da fare» confesso.
«Come no!» replica lei. «Dovevi pensare a chi potrebbe essere il romantico uomo del mistero.»
La padrona di casa varca la soglia della stanza con in mano due buste enormi, salvandomi dall'ennesimo interrogatorio.
«Oh mio Dio!» esclama con gli occhi lucidi. «Mi avete salvato la vita ragazze.» Io le sorrido, ma la mia amica le va incontro dicendo: «Rimandiamo la commozione a dopo, abbiamo ancora del lavoro da fare!»
Per sua fortuna - chi vorrebbe sfidare l'ira di Nicoletta? - ha acquistato tutto quello che c'era nella lista. Passiamo una buona mezz'ora a gonfiare palloncini e ad attaccare striscioni non solo nella sala da pranzo, ma in tutte le stanze del piano terra. Sono costretta ad ammettere che, senza l'aiuto della mia nemica domestica, forse non avremmo finito in tempo per l'arrivo degli invitati.
«Ha piante in giardino?» chiede all'improvviso Nicoletta alla moglie del sindaco.
«Sì certo, ma non piante da fiore vero? Insomma, siamo in febbraio» risponde la signora Bellini.
«Lo so bene, ma ci sarà pure un sempreverde» si informa la mia amica.
«Ho una Nandina, le può essere utile?»
«Sì, è perfetta!»
La signora si offre di accompagnarla fuori sostenendo che al buio potrebbe avere difficoltà a individuarla, ma a me

scappa da ridere perché quella villa è più illuminata dello stadio di San Siro durante una partita.
Scopro che la Nandina è una pianta che produce delle bacche rosse e che è molto utilizzata nel periodo invernale per realizzare composizioni floreali. Nicoletta ne taglia diversi rami e ne dispone alcuni nei vasi, poi però li posa direttamente sul pavimento che dall'atrio porta alla sala da pranzo, in modo da creare una sorta di percorso verso la festa.
«Sei un genio» mi complimento con lei.
«Sono *il* genio!» risponde con la modestia che la caratterizza.
Poco dopo iniziano ad arrivare i primi invitati e noi cerchiamo di congedarci. La nostra ospite però, sembra non volerci lasciar andare. «Siete state un dono del cielo!» dice a entrambe. Usciamo di lì solo dopo esserci fatte strappare la promessa di portarle il conto di persona e fermarci a prendere un tè con lei.

Mi siedo al volante, esausta. «Quella donna mi ha prosciugato» mi lamento con Nicoletta.
«È un po'… umorale» risponde.
«A sua discolpa c'è da dire che, se non ci avessimo pensato noi, non ci sarebbe stato nessun allestimento…» ammetto.
«Quindi le faremo un bel sovrapprezzo!» sentenzia la mia amica. Rido. «Be', sono un genio, lo hai detto anche tu» aggiunge poi.

La accompagno alla sua macchina e poi torno a casa. Sono troppo stanca per riportare il Fiorino al garage dove lo teniamo. Recupererò la mia auto domani.
Parcheggio a pochi passi dal mio condominio e noto subito un tizio appostato proprio lì di fronte. La cosa mi spaventa un po', ed esito, non sapendo che fare. Un riflesso condizionato mi induce ad afferrare il telefonino, anche se in realtà potrei farci ben poco; non è un oggetto contundente e, se l'uomo fosse un malintenzionato, non mi lascerebbe certo il tempo di telefonare a qualcuno e dirgli che sono in pericolo.
Compio qualche altro passo in direzione del mio portone e lo riconosco. Si tratta di Matteo. «Ho suonato» biascica, «non rispondevi...» Ride. «Be', certo, non c'eri se sei tornata adesso!»
Sono a circa un metro da lui, ma riesco comunque a sentire che il suo alito puzza di alcool. Mi irrigidisco. «Cosa ci fai qui?» chiedo cercando di mantenere la calma, ma la voce mi trema, tradendo il mio nervosismo.
«Ti... Ti devo parlare» borbotta a fatica barcollando verso di me.
«Ci siamo detti tutto, non c'è niente da aggiungere» replico scartandolo e avvicinandomi all'entrata.
Sono costretta a mollare la presa sul telefono perché, legge di Murphy docet, non riesco a trovare le chiavi. Con una mano reggo la borsa e con l'altra cerco la mia salvezza, ma questo dà a Matteo il tempo di raggiungermi sul portone, nonostante il suo stato di

ebrezza ne abbia rallentato i movimenti. Mi afferra il braccio sinistro e mi strattona. «Voglio... solo... parlare...» ripete.
«Ehi, tu!» Sento una voce seguita dal rumore prodotto dai passi di più persone. «Lasciala subito!» gli intima la voce.
Cerco di divincolarmi ma Matteo continua a stringermi il braccio. «È la mia ragazza» risponde lui in preda ai fumi dell'alcool.
«Non è vero!» mi affretto a precisare. «Ci siamo lasciati qualche giorno fa.»
I passi si fanno più vicini. «Mi sembra di capire che la signorina non gradisca la tua compagnia.»
«Non sto facendo niente di male» si giustifica lui.
«Lasciami» gli chiedo con un tono più spaventato di quanto vorrei. Matteo però non lo fa, anzi, stringe più forte e mi tira verso di sé, forse nel tentativo di allontanarmi dal mio salvatore. Ma questi ormai ci ha raggiunti e afferra il braccio con cui mi tiene bloccata.
«Lasciala subito o non risponderò di me» afferma.
Per un secondo Matteo sembra riflettere sul da farsi, ma alla fine prevale il buon senso, o la paura, e molla la presa. «Okay, okay» dice alzando le mani. «Comunque volevo solo parlare» ripete ancora una volta. Poi si allontana barcollando.
«Chiamo la polizia?» propone il mio angelo custode.
Scuoto la testa. Avremmo tutto il tempo di farlo. Matteo cammina così lentamente che scappare gli risulta impossibile. Forse dovrei davvero telefonare, in modo da

impedire che gli accada qualcosa di male mentre cerca di tornare a casa, ma decido di fregarmene.
Soltanto in quel momento alzo lo sguardo sul mio salvatore e mi rendo conto che conosco anche lui.
«Alessio?» chiedo.
«Ciao Viviana» risponde sorridendo. «Stai bene?» aggiunge.
Annuisco. «È tutto a posto. Non credo che avrebbe potuto davvero farmi del male, anche se mi ha spaventata.»
«È quel 'non credo' che mi preoccupa. Era il tuo ragazzo?»
«Era, sì. Ci siamo frequentati per qualche mese, l'ho lasciato da poco.» *Proprio il giorno in cui ci siamo conosciuti.*
«Tutto okay?» sento chiedere a qualcuno dietro di me. Mi volto e vedo avvicinarsi un gruppo di ragazzi, sicuramente amici di Alessio. Ecco perché mi era sembrato che ci fossero più persone.
«Sì, solo un malinteso» risponde lui. Lo ringrazio silenziosamente per aver sminuito l'accaduto. L'ultima cosa che ho voglia di fare è dare ulteriori spiegazioni. Ho bisogno di una doccia e di dormire, ma mi sento in debito nei suoi confronti.
«Questa è la mia amica Viviana» mi presenta. I ragazzi mi salutano ma io sono distratta; mi sto chiedendo se dovrei invitarlo a casa mia. Alla fine decido che se lo merita e gli domando: «Vuoi salire?» Sul suo viso prende

forma un sorriso enorme che è chiaramente un sì. I suoi amici sghignazzano un po' prima di andarsene.
Finalmente trovo le chiavi e riusciamo a entrare. «Prendiamo l'ascensore?» mi chiede.
«Sto al primo piano» rispondo, «di solito uso le scale.»
«Dopo di te allora» dice accompagnando le parole con un gesto del braccio. Nonostante la stanchezza non riesco a non pensare che tanta cavalleria sia solo una scusa per guardarmi il culo.
Una volta in casa lancio il piumino sul divano e lo invito a fare lo stesso. Intanto preparo una moka di caffè, più per il bisogno di tenere occupate le mani che per la reale necessità di berne uno, dal momento che sono già abbastanza agitata. Alessio si guarda intorno incuriosito.
«Sono felice di essere con te, anche se non sono felice per le circostanze che hanno portato a questo invito» afferma.
Mi sforzo di sorridere. «È stata una fortuna che tu passassi di qui, anche perché in questa città non ho molti amici» gli confido.
«Ma amici mai, per chi si cerca come noi, non è possibile...» canticchia guardandomi negli occhi. Il mio corpo viene percorso da un brivido.
Oh cazzo! Ma allora è lui l'uomo misterioso! Mister canzone d'amore! Ma il numero sui biglietti non è il suo… forse quello che mi ha lasciato l'altra sera è quello del lavoro e sui messaggi c'è quello personale… o viceversa…
Mentre sono persa in questi pensieri Alessio si avvicina. *L'idea era soltanto di offrirgli un caffè per dimostrargli la mia*

riconoscenza, però come dice Nicoletta me lo devo scopare, mica sposare…

Sto seriamente valutando l'ipotesi di offrirgli qualcos'altro quando lui mi abbraccia. Ricambio l'abbraccio e mormoro: «È bellissima questa canzone.»

«Davvero ti piace?» mi chiede. «Pensa che io detesto la musica italiana, e anche di questa canzone conosco solo quelle parole, non so nemmeno il titolo!» confessa.

Mi irrigidisco tra le sue braccia. «Ma quando hai pronunciato la parola amici si è aperto chissà quale file nella mia memoria…» continua a parlare, ma io non lo sto più ascoltando. Lascio cadere le mie braccia lungo i fianchi e smetto di ricambiare la sua stretta. Il caffè borbotta e io afferro al volo l'opportunità di staccarmi da lui.

«È pronto» dico spegnendo il fuoco. Alessio capisce che qualcosa è cambiato nel giro di un secondo. «Sei molto stanca e forse ancora spaventata. Credo che sia meglio che vada» afferma.

In questo momento sono più delusa per essermi sbagliata sul mio ammiratore segreto che spaventata per quanto successo con Matteo. «Sei sicura che non vuoi che resti a dormire con te questa notte?» È il suo ultimo tentativo. Io rimango in silenzio e lui si affretta ad aggiungere: «Dormirei sul divano ovviamente!»

«Ti ringrazio, ma starò bene» mi limito a dire.

Si infila il cappotto e mi bacia su una guancia. «Per qualsiasi cosa però, chiamami» sussurra al mio orecchio prima di andarsene.
Guardo la caffettiera sul fuoco ormai spento. Neanche questa volta ho bevuto il caffè. Forse l'universo mi sta mandando un messaggio: la caffeina non fa per te.

Capitolo VI

Sono seduta sul divano a osservare grosse gocce di pioggia che vengono a morire sulle mie finestre. Il cielo è grigio come il mio umore e come il colore che attribuisco al mal di testa con cui mi sono svegliata. *Svegliata… Forse dovrei dire alzata,* penso, *perché svegliarsi presuppone l'aver dormito, e io non ho chiuso occhio.*

Do uno sguardo all'orologio e mi accorgo che è molto presto, così decido di andare a recuperare la mia auto e di concedermi la colazione fuori, come da mia abitudine. Ma è da lunedì che non mi faccio vedere. Dopo la scenata di Matteo ho preferito evitare per qualche giorno.

Ci impiego pochi minuti a lasciare il Fiorino e riprendere la Fiesta e, appena entro al bar, Fabio mi rivolge un sorriso che scioglierebbe anche il più ghiacciato dei cuori.

«Ecco la mia pasticcera preferita!» esclama. Mi mette davanti un croissant farcito al cioccolato e un cappuccino fumante prima ancora che io possa ordinare. «Come stai?» domanda con evidente riferimento agli incresciosi fatti avvenuti proprio nel suo locale.

«Non c'è male» rispondo sorridendo. Non so quanto sono credibile, dal momento che più che borse, quelle che ho sotto gli occhi sono valigie, ma il mio barista è un gentiluomo e non insiste. E io mi guardo bene dal raccontargli cos'è accaduto ieri sera.

«In tanti anni non ho ancora capito come mai tu venga a fare colazione qui» dice mentre zucchero il mio cappuccino.
«Perché?» replico io.
«Non si risponde a una domanda con un'altra domanda.»
«Tecnicamente la tua era un'affermazione…»
«Touché!»
Ridiamo entrambi. Poi Fabio riprende a parlare: «Perché i tuoi dolci sono milioni di miliardi di volte meglio di queste briochine…»
«Adesso dovrei risponderti che a stare tutto il giorno a cucinare ci si stanca di quello che si cucina e alla fine i dolci vengono a noia… Ma questo a me non accadrà mai!»
Gli scappa un'altra risata. Serve un cliente appena entrato, che desidera un decaffeinato, poi torna da me.
«Allora, perché?» insiste.
«Forse ste briochine non sono buone come quelle che cucino io» rispondo sventolandogli il croissant mangiucchiato sotto il naso, «ma mi piace cominciare la giornata con una coccola, e qualcuno che mi prepara la colazione è una coccola.»
«Vedrai che presto troverai la persona giusta che ti preparerà la colazione!» afferma scompigliandomi i capelli. Odio che mi si scompiglino i capelli. *Be' a parte in un caso…* So però che questo gesto è dettato dall'affetto, perciò evito di mangiarmelo al posto del croissant, anche se mi tratta come se fossi una ragazzina.

Questa volta, per fortuna, mi permette di saldare il conto. Lo saluto, litigo con l'ombrello, e attraverso la strada. Non ricordavo di aver aperto il negozio in riva a un canale! La quantità di pioggia che sta scendendo non lascia ai tombini il tempo di scaricare e, davanti alla mia serranda, si è formato un torrente. Vengo presa dallo sconforto e maledico il mio desiderio di coccole quotidiane; sarei dovuta passare prima di fermarmi al bar perché, se anche ci fosse stato un bigliettino ad aspettarmi questa mattina, la pioggia l'avrà trascinato chissà dove. Per un istante penso addirittura di andare a vedere se non si sia incastrato in uno dei tombini lungo la via. Poi rinsavisco, primo perché non sono sicura che il mio ammiratore misterioso sia passato anche oggi, secondo perché, se anche lo avesse fatto, ormai la carta sarebbe poltiglia.
Apro la serranda più pensierosa di quando sono uscita di casa. Mi aspetta una giornata tranquilla, il che significa noiosa, ed è una pessima cosa considerando quanto sono malinconica.
Decido di rispondere alle e-mail dei clienti, verificare se ci sono ordini on line e sistemare la contabilità, dal momento che a breve ci aspetta il commercialista. Sento vibrare il telefonino nella tasca del grembiule. È la mia socia.
"Viv, oggi non vengo al lavoro, mia sorella sta malissimo e ha bisogno di me."

Le telefono e risponde subito. Evidentemente aveva ancora il telefono in mano.
«Ma petite» mi dice al posto di *pronto*.
«Ohi, Nico, che succede?» domando.
«Eh, Francesca si è beccata un virus.»
«Ha la febbre alta?»
«No, solo qualche linea, ma quando sono passata per vedere come andava l'ho trovata ad amoreggiare con la tazza del water, e non me la sono sentita di lasciarla sola...»
«Puoi anche risparmiarmi i particolari!» ridacchio. So bene che non ne è capace. «Immagino che suo marito debba lavorare. Ma vostra madre?» mi informo.
«Roberto è al lavoro sì, mi dà il cambio stasera. La *milf* invece è partita lunedì con una crociera per single, ma con tutte le cose che sono capitate mi sono scordata di dirtelo!»
«Come?» fingo di lamentarmi. «Dici sempre che siamo io e te, te e io, che noia che barba, che barba che noia...»
«Be', sai, negli ultimi giorni siamo state io e te, te e io, io, te e la mezza calzetta, io te e l'avvocato, io te e Mister canzone d'amore...»
«Ecco, a questo proposito...»
«Ci sono novità? Eh? Hai capito chi è l'uomo misterioso? C'era un altro biglietto stamattina?» mi incalza.
«Nico, respira» suggerisco.
«Respira un cazzo! Cosa sai tu che io non so?»

«Facciamo così» propongo, «stasera, quando torna Roberto, tu vieni da me. Se lungo la strada ti fermassi anche a prendere del cibo cinese sarebbe perfetto.»
«Ti offrirei persino una cena a base di pesce, curiosa come sono, ma fortunatamente non ho un'amica pretenziosa.»
Rido. «Allora, ci vediamo stasera?»
«Oui, ma petite. A stasera.» Mi saluta e chiudiamo la telefonata.
Trascorro un'ora buona a rispondere alle e-mail e alle richieste di preventivi che sono arrivate grazie al sito, ma vengo interrotta dallo squillare del telefono fisso.
«Cakes & Flowers, buongiorno sono Viviana» dico nella cornetta.
«Toh, allora sei ancora viva!»
«Ciao mamma» rispondo, rendendomi conto che in effetti non mi faccio sentire da diversi giorni.
«Ciao amore, stavo cominciando a preoccuparmi.» Il suo tono si è già addolcito. «Capisco che tu non possa venire a trovarmi ogni fine settimana, ma almeno chiama. Sai che sei sempre la mia bambina!»
Vorrei dirle che a trentacinque anni sono tutto meno che una bambina, ma mi limito a scusarmi. «Hai ragione, perdonami. Sono stata piuttosto occupata e mi sono dimenticata anche delle persone importanti.»
«Occupata?» chiede. «La cosa ha a che fare con un uomo?»

Due mamma, forse anche tre. «Hai così tanta fretta di vedermi di nuovo accasata?» replico un po' infastidita.
Mia madre sospira. «Non è che io voglia vederti accasata, è che non mi fa piacere sapere che sei sola.»
«Non sono sola mamma, trascorro la maggior parte del tempo con Nicoletta...»
«Ci pensa Nicoletta a tenerti calda la notte? Perché se è così a me sta bene, basta che tu me lo dica...» Adesso sta ridendo.
«Non ho ancora deciso di allargare i miei orizzonti» rispondo, «ma nel caso decidessi di farlo, saresti la prima a saperlo!»
«Amore» torna seria, «ho soltanto paura che un giorno ti guarderai indietro e capirai di aver sprecato i tuoi anni più belli da sola...»
«Mamma!» la rimprovero. «Abbiamo già fatto tante volte questo discorso.»
«Sì, hai ragione, però pensaci, va bene?»
«Va bene, ci penserò» confermo nel tentativo di farla desistere. Devo risultare convincente perché, dopo essersi raccomandata di chiamarla, mamma mi saluta e mi lascia tornare alle mie scartoffie.
Per la mia famiglia, e in particolare per mio padre, il direttore di banca Amedeo Castelli, non è stato facile accettare che io abbia lasciato il mio impiego e mio marito, e soprattutto non è stato facile accettarne la motivazione.

«Perché butti tutta la tua vita nel cesso?» mi ha chiesto il giorno in cui mi sono presentata alla porta di quella che era stata casa mia, con la valigia in mano e l'auto carica più di sogni che di oggetti. «Che cos'è che vuoi?»
«Essere felice» ho risposto. E lui mi ha riso in faccia. Mi sono fermata solo per una notte, il giorno dopo sono partita per venire qui, a vedere se in questa vecchia pasticceria chiusa da anni potevo trasformare il mio sogno in realtà. Ho lasciato il certo per l'incerto e non me ne sono mai pentita.

Dal momento che ha smesso di piovere accantono l'idea di andare a prendere un panino da Fabio e restare al lavoro. Torno a casa, mi faccio una pasta e anche un pisolino sul divano. Nonostante la confusione che c'è nella mia testa, sono così stanca per la notte in bianco che mi addormento subito. Alle quindici suona la sveglia, mi rendo presentabile e torno al negozio. Non sprizzo gioia all'idea di trascorrere un pomeriggio a riordinare fatture ma, essendo riuscita a riposare, il mio umore è migliorato rispetto a questa mattina. Quando mi avvicino al Cakes & Flowers vedo qualcosa in cui ormai non speravo più. Non ho abbassato la serranda durante la pausa pranzo, e da sotto la porta fa capolino un biglietto. Il mio battito cardiaco accelera. Senza rendermene conto inizio a correre. Lo afferro come se ne andasse della mia vita.
Scusa il ritardo, stamattina pioveva!, c'è scritto all'esterno accanto al mio nome, ma con una calligrafia più nervosa

e meno curata. La pioggia deve aver rovinato i suoi programmi.
Mi tremano le mani mentre lo apro per scoprire la frase che mi ha dedicato oggi. So perché tengo così tanto a questi messaggi. Sono sincera quando dico che non so chi sia, ma so benissimo chi vorrei che fosse.

Si fa presto a cantare che il tempo sistema le cose,
si fa un po' meno presto a convincersi che sia così...

Devo appoggiarmi all'entrata del negozio perché mi cedono le gambe. Questa volta non ho bisogno dei suggerimenti di Nicoletta per capire di che canzone si tratta. Perché Ligabue è il cantante preferito di Fabrizio. Ora la possibilità che si tratti dell'uomo a cui penso ogni secondo di ogni giorno da anni, si fa concreta. Cerco di aprire la porta per entrare e sedermi, ma sto tremando ancora e sono sudata. Prima le chiavi mi scivolano dalle dita, poi non riesco a infilarle nella toppa. Finalmente realizzo l'impresa che il mio stato d'animo ha reso titanica. Tolgo il piumino e anche il maglione, perché sto andando a fuoco. Abbandono la borsa sul pavimento e mi siedo su una delle poltroncine con cui abbiamo arredato un angolo del negozio.
Il battito del mio cuore non accenna a rallentare. Non so nemmeno se sto respirando, ma se sono ancora viva, evidentemente lo sto facendo. Mi accorgo di avere le mani così sudate da aver bagnato la carta e cancellato gli

ultimi numeri del cellulare che il mio ammiratore mi scrive sempre su ogni biglietto, sperando che io lo contatti. E sto valutando se farlo, tanto che penso: *Poco male, ho il suo numero anche sui primi tre biglietti.*
Eppure mi trattengo. Se mi stessi sbagliando? Che diavolo potrebbe farci Fabrizio a Bologna quando tutta la sua vita è a Torino? Anche io però avevo una vita intera a Verona. Avevo.

Capitolo VII

Non combino granché per il resto del pomeriggio perché la testa mi ripropone in maniera circolare sempre gli stessi pensieri.
Se fosse Fabrizio? E se non fosse Fabrizio? Ma soprattutto: lo amo ancora? Fingo di non avere la risposta alla terza domanda, sono tristemente diventata brava a mentire a me stessa quando, per due anni, mi sono raccontata che era solo sesso e che volevo restare con Davide. E quanto è durata invece, dopo che Fabrizio mi ha lasciato?
Tento di uscire da quel circolo vizioso scrivendo a Nicoletta. "Ravioli al vapore, involtini primavera e gnocchi di riso. Mi raccomando, o non ti racconto niente!"
Mi risponde subito: "Doppia porzione di tutto, non devi tralasciare neanche un dettaglio!" Segue una serie di emoticon che riguarda il cibo.
Mancano ancora un paio d'ore alla nostra cena, perciò mi armo di buona volontà e sistemo bolle, fatture e ordini da evadere. Alle diciannove e trenta sono abbastanza soddisfatta del modo in cui ho impiegato il mio tempo. Infilo in tasca il bigliettino di oggi, chiudo, e me ne vado.
Una volta a casa apparecchio la tavola in maniera sommaria e accendo la televisione sintonizzandomi su Top Crime, mentre aspetto Nicoletta. Dopo una decina di minuti suonano alla porta.

«Chi è?» chiedo nella cornetta del videocitofono, la cui telecamera, puntualmente, non funziona.
«Io, ma petite, chi cazzo vuoi che sia?»
Premo il pulsante per aprire il portone e la attendo sul pianerottolo. Poi però la sento smadonnare per le scale quindi la raggiungo.
«Ciao» la saluto. Tiene una borsa piena di cibo cinese in ognuna delle mani, le alza verso di me e inizia a lamentarsi: «Ho dovuto suonare il campanello con il naso! Con il naso, hai capito? Ti ho anche chiamato… Ma petite, ma petite… Ma tu mica mi hai risposto!»
Le tolgo una delle due borse dalle mani. «Nico, siamo a febbraio, come avrei potuto sentirti? Non è che io tenga le finestre aperte in questa stagione!»
«Tanto lo sapevo che avresti avuto una scusa! Allora? Intendi aggiornarmi oppure no?» domanda.
«Aspetta non dico che ci siamo sedute, ma almeno che siamo entrate in casa!» È già un miracolo che la mia anziana dirimpettaia non sia uscita ieri sera per assistere allo spettacolo di Matteo. *Anche perché è sorda, ma quello che vuole lo sente!*
Non facciamo in tempo ad attraversare l'entrata e a posare la cena su un angolo del tavolo che ricomincia: «Aggiornamenti, news, ultima ora. Quindi?» Spengo la tv e dispongo il cibo nei piatti.
«Mettiti comoda perché da quando ci siamo salutate ieri sera, è successo praticamente di tutto» le dico passandole i ravioli al vapore e la salsa di soia.

«Di tutto?» chiede fregandosi le mani alla Bruno Vespa.
«E con tutti gli uomini che sono nella mia vita al momento!» rispondo dandole corda.
«Sesso? Sesso spinto? Una cosa a tre? Un'orgia?» replica stando al gioco. «Castelli, Castelli non la facevo il tipo…»
«Dai, scema!» rido. «Vuoi sapere cos'è successo oppure no?»
«Sì, sì, sì! Te lo sto dicendo da mezz'ora.»
Le racconto che, dopo averla accompagnata a casa, sono venuta direttamente qui senza passare dal garage per recuperare l'auto e che, una volta arrivata, ho trovato Matteo, ubriaco, ad aspettarmi al portone.
«E vuoi sapere chi è passato di lì proprio mentre il mio ex mi stava strattonando il braccio?» aggiungo.
«No! Non ci credo, non dirmelo, non dirmelo!» esclama mettendosi una mano davanti alla bocca. «Invece sì, dai dimmelo, voglio saperlo» rettifica.
«Alessio…»
«L'avvocato!» urla alzandosi in piedi. «Lo vedi, ma petite? È il destino!»
«Siediti, non hai ancora sentito il meglio. O il peggio, dipende dai punti di vista!»
«Eh no eh, avete fatto sesso e non vale una cicca neanche questo?»
Scuoto la testa. «Nico, sei un po' fissata o sbaglio?»
«Non sono fissata, sono in astinenza!»
«Comunque» confesso, «ci sono andata vicino…»

Le va di traverso un raviolo e quasi si soffoca. Riempio subito il suo bicchiere con dell'acqua, lo beve perché non ha alternative, ma appena si riprende mi rimprovera. «Birra cinese mi dovevi versare, non acqua! In ogni caso continua, perché eliminata la mezza calzetta, che come se non bastasse era pure ubriaca, la storia si sta facendo interessante.»
«L'ho invitato a salire, ma l'idea era soltanto quella di offrirgli un caffè per ringraziarlo, mi sentivo in debito con lui per avermi tolto da quell'impiccio» spiego.
Annuisce invitandomi a proseguire. «Ho messo la caffettiera sul fuoco e lui si guardava intorno, allora gli ho detto che era stata proprio una bella fortuna che lui si trovasse a passare sotto casa mia anche perché io qui a Bologna non ho tanti amici, e quando ho pronunciato questa parola lui si è messo a cantare...»
«Amici mai?» mi interrompe Nicoletta.
«Uffa!» protesto. «Con te non c'è gusto! Sei sempre un passo davanti a me anche quando non ci sei!»
«Sì, sì, va bene, non perdo un colpo, ma quindi? È lui?» domanda eccitata.
Le metto il broncio. «Non ti racconterei più niente per dispetto, così almeno ci sarebbe qualcosa che io so e tu no!»
«Per cortesia, non dire cazzate, non sei capace di tenermi nascosta neanche mezza cosa...»
Rido. «Okay» riprendo, «a questo punto si è avvicinato e mi ha abbracciato.»

«E tu?» mi incalza.
«E io all'inizio ho ricambiato l'abbraccio, e ho pensato che potesse succedere qualcosa tra noi, ma soltanto perché credevo che fosse il mio ammiratore segreto…»
A quel punto mi lancia uno sguardo deluso, ha già capito dove sto andando a parare. «Gli ho spiegato che quella canzone mi piace tantissimo, e sai lui cosa mi ha risposto? Ha confessato che non ama la musica italiana e che non ne conosceva nemmeno il titolo.»
«Immagino che tu ti sia divincolata come un'ossessa…»
«Non è stato necessario» continuo, «ho semplicemente smesso di stringerlo, e lui ha capito da solo che stavo tirando i remi in barca.»
«Quindi non sappiamo se scopa bene, ma almeno sappiamo che non è un cretino insensibile» sentenzia Nicoletta.
Non riesco a non sorridere. «Ha fatto un ultimo tentativo chiedendomi se ero troppo agitata per dormire da sola, ma non ha insistito quando ho spiegato che me la sarei cavata benissimo.»
«L'allestimento non previsto per i 18 anni di Nicola, l'incontro con l'ex, il due di picche all'avvocato… Troppe emozioni per una serata sola, ma petite!»
«E non hai ancora sentito il racconto della giornata odierna» aggiungo infilandomi in bocca un involtino primavera.
«Vuoi dirmi che non è finita qui?» chiede. «Certo che non ti posso lasciare sola un attimo eh!»

«A dire il vero io non ho fatto niente, hanno fatto tutti gli altri!» mi lamento.
«Raccontare. Adesso» ordina la mia socia.
Sorvolo sulla mattinata e sul lavoro che ho svolto, anche se dovrei approfittare per ricordarle che un po' più di ordine non guasterebbe, e le spiego che ero delusa e piuttosto convinta che il biglietto fosse annegato nel torrente. «...ma, al mio rientro dalla pausa pranzo mi stava aspettando sotto la porta!»
«Dimmi che me l'hai portato» tuona. Glielo porgo subito e lei lo studia come fosse la prova di un delitto.
«Non voleva che si rovinasse» mormora leggendo la scritta esterna, «che pensiero carino.»
Lo apre e io non posso fare a meno di avvampare, perché il mio pensiero va subito a Fabrizio. A Nicoletta basta uno sguardo. «Cosa. Mi. Stai. Nascondendo.»
Prendo un bel respiro. «Ti ricordi quella sera, circa un anno fa, in cui avevo bevuto un po' troppo ed ero molto loquace?»
«La sera in cui mi hai confessato di aver avuto un amante?»
Faccio segno di sì con la testa. «Vuoi dire...» comincia, ma si interrompe.
«Non lo so Nico, non lo so.»
«Adesso comincio a spiegarmi diverse cose» afferma.
«Quali cose?» domando.
Non risponde, ma mi chiede: «Speri che sia lui, vero?»
«Sì, spero che sia lui» ammetto finalmente ad alta voce.

«Dimmi perché pensi che sia… Filippo, si chiama?»
«Fabrizio» rispondo.
«Oh mio Dio!» esclama la mia amica. «Ti brillano gli occhi quando pronunci il suo nome!»
«Non è vero» protesto, schiaffeggiandole un braccio.
«Invece è proprio vero! Hai gli occhioni a cuoricino come nei cartoni animati!»
«Il suo comportamento non è serio, detective» la rimprovero.
«Ha ragione, riprendiamo l'indagine.»
Sospiro. «Fabrizio è un amante delle canzoni italiane, e Ligabue è il suo cantante preferito.»
Nicoletta mi ascolta come se stessi rivelando l'esistenza di un quarto segreto di Fatima.
«Ha perfettamente senso» afferma. «Avevamo capito che era un uomo con cui avevi un passato, e mi pare che sia questo il caso. Cosa ti fa dubitare invece?»
«Vive a Torino, dove ha una compagna e un ottimo lavoro. Non vedo per quale motivo dovrebbe trovarsi a Bologna e venire a infilare bigliettini sotto la porta del nostro negozio, ogni mattina.»
«Anche tu avevi un marito e una discreta posizione a Verona, o sbaglio?» mi ricorda la mia amica.
«È diverso.»
«E perché sarebbe diverso, di grazia?» chiede.
Perché io lo amavo, e per lui invece era solo sesso. Perché quando l'ho perso ho dovuto ammettere che mi ero solo presa in giro e che era con lui che avrei voluto stare, così ho mollato

quella vita apparentemente perfetta che in realtà mi rendeva infelice. Fabrizio invece sta benissimo con la sua ricca e potente compagna, penso, ma sto zitta.
«Okay, okay, non parlare» dice Nicoletta. «Non vuoi sapere se è lui?»
Mi è piaciuto in questi giorni crogiolarmi nel pensiero che potesse trattarsi dell'uomo che non riesco a dimenticare, ma non posso continuare a vivere nell'attesa. Devo agire, non aspettare sempre che lo facciano gli altri e poi rimpiangerlo.
«Sì» rispondo.
«Sai che c'è soltanto un modo per saperlo, vero?»
«Fare quel numero?»
«Fare quel numero» conferma la detective.

Capitolo VIII

Anche se non abbiamo fatto tardi, sabato mattina fatico ad alzarmi. Non ho riposato bene, ho troppi pensieri e, anche quando mi addormento, sogno canzoni, biglietti, messaggi e Fabrizio.
Stanotte ho sognato che passava a prendermi in sella a una moto, io salivo e gli chiedevo: «Dove andiamo?» E lui mi rispondeva: «Verso l'infinito e oltre!»
Giuro che 'Toy story' non lo guardo da un po'! Sto proprio perdendo il senno.
Sono consapevole che ha ragione Nicoletta: devo smetterla di tergiversare e comporre quel numero. Soltanto così potrò sapere se è lui, e se non è lui, andare avanti con la mia vita. *Come se fosse possibile…* Ho stravolto tutto, al punto da essere diventata un'altra persona, ma quello che provavo non sono proprio riuscita a lasciarlo andare.
Decido di negarmi la colazione al bar anche se ho superato l'imbarazzo dei giorni scorsi, perché ho troppa fretta di scoprire se c'è un messaggio ad attendermi. Bevo un caffè al volo, mi lavo i denti e corro al negozio. La mia amica per metà adorabile e per l'altra metà stronzissima, mi ha battuto sul tempo anche questa mattina.
«Se tu mi avessi detto che quello che serviva per farti arrivare in orario era un ammiratore segreto, me ne sarei inventato uno!» esclamo entrando.
«Buongiorno, ma petite» mi saluta sorridendo.

«È un buon giorno?» chiedo.
«Non lo so ancora» risponde fingendo di non aver capito cosa intendo, «come potrei saperlo? Sono solo le nove e io non so prevedere il futuro…»
«Ah, ah, divertente» replico dopo aver riposto le mie cose e allacciato il grembiule.
Finge di mettere ordine tra i suoi arnesi, poi però infila una mano in tasca e quel gesto la tradisce. «Cosa nascondi lì dentro?» domando.
«Lì dentro dove?» Fa la finta tonta, ma le viene da ridere.
«Oh, per favore! Perché vuoi mettere alla prova il mio povero cuore?» protesto.
«Non ti nascondo proprio niente» si giustifica, però continua a ridere e capisco che ci ho visto giusto. Mi avvento su di lei, ma raggiunge la tasca incriminata prima di me, prende il biglietto e corre sul retro.
«Nicooo» urlo, «se tutto va bene il mio ultimo abbonamento in palestra risale a quando c'erano ancora le lire, non farmi fare sforzi, non sono allenata!»
«Lo so, lo so, 'c'è una sola cosa che mi piace fare in cui si suda!'» mi fa il verso.
«E non è rincorrere la mia socia» preciso, ansimante.
Dopo tre giri intorno al mio tavolo da lavoro, capisce che i dieci centimetri di più di gambe che ha rispetto a me le danno un vantaggio che non ho modo di battere. Finalmente si ferma.
«Te l'ho detto di allenarti a casa con Jillian Michaels!» Non ha nemmeno il fiatone. Poso una mano sul tavolo

mentre riprendo fiato. «Mi arrendo» dico. «Leggimelo tu, se preferisci.»
«Mi sono divertita abbastanza» afferma. «Ed è meglio se ti siedi» aggiunge riaccompagnandomi all'entrata e invitandomi a prendere posto su una poltroncina.
«Sì, è meglio» confermo. «Siamo sicuri che fare attività fisica di prima mattina faccia bene?» chiedo.
Scuote la testa. «Non dicevo mica per quello io» spiega porgendomi il quinto bigliettino.
Deglutisco comprendendo che si riferisce al contenuto del messaggio. È piegato in quattro come sempre, e al suo interno leggo questa frase:

Ti brucerai
Piccola stella senza cielo
Ti mostrerai
Ci incanteremo mentre scoppi in volo

Il mio cuore salta un battito, perché in quel momento comprendo, senza dubbio alcuno, che si tratta di Fabrizio. È proprio lui che ha pensato e scritto ogni biglietto, e l'ha fatto per me. Sul mio viso deve essere apparsa un'espressione scioccata, perché la mia amica mi domanda: «Viviana, ti senti male?»
Faccio segno di no con la testa, ma non riesco a parlare. Ho la tachicardia, mi tremano le mani e comincio a vedere dei puntini neri davanti agli occhi. Se non fossi seduta, sverrei di certo.

Non perdo i sensi, ma evidentemente rimango assente per un po', perché a un certo punto sento Nicoletta gridare: «Porca puttana, dì qualcosa, mi stai facendo preoccupare!»
Piano piano torno alla realtà. «Scusa» mormoro, «non volevo spaventarti.»
«Ti lascio per un secondo, non ti muovere!» si raccomanda. Fruga nella sua borsa e mi porge una merendina confezionata. «Lo so che ci vorrebbe qualcosa di salato per far alzare la pressione, ma questo ho sotto mano, e vedi di non fare la schizzinosa perché non è farcita e decorata.»
Se fossi nel pieno delle mie facoltà mentali riderei o mi lamenterei, ma non sono in grado di farlo, perciò accetto quello che mi sta offrendo.
Entra un cliente e Nicoletta lo accoglie. Mi sembra di capire che gli dia appuntamento per la settimana prossima. Dopo una decina di minuti ricomincio a ragionare.
«Sei tornata?» mi chiede.
«Più o meno» rispondo.
«Vuoi spiegarmi cos'è successo? A parte il fatto che ti sei sentita male intendo...»
«Non ho fatto colazione» spiego.
«Sì, questo lo avevo immaginato, e di certo la cosa non ti ha aiutato, ma la tua è stata una reazione emotiva» sentenzia la mia amica. Annuisco. «Ero sicura che un'altra canzone di Ligabue fosse un ottimo indizio a

sostegno della tesi pro amante» aggiunge, «ma non avevo previsto una reazione del genere. Ho come l'impressione che ora, il fatto che si tratti di Fabrizio, non sia solo un sospetto o una speranza, ma una certezza. Sbaglio?»
Mi azzardo a prendere un bel respiro anche se forse colmare d'aria i miei polmoni, dopo essere quasi svenuta, non è un'idea brillante.
«Devi sapere che questa non è solo una canzone di Ligabue» comincio a raccontare, «ha un significato particolare.»
«Signorina Castelli» mi interrompe Nicoletta, «in questi giorni sto scoprendo che ci sono ancora molte cose che non so di lei, cose anche piuttosto interessanti. La prego, continui.»
«Era una delle sere in cui lo avevo raggiunto a Torino» spiego, «ed è stata una delle rarissime volte in cui siamo riusciti ad andare a cena insieme, perché la sua compagna era fuori città. Mentre tornavamo in albergo, la radio passò questa canzone.» Mi fermo un istante perché, a ricordare i pochi e preziosi momenti che ho trascorso con lui, mi viene da piangere. Inghiottisco le lacrime e riprendo il racconto. «A metà della canzone Fabrizio mi disse: questa sei tu, non sei forse una piccola stella senza cielo? Poi aggiunse che gli sarebbe piaciuto essere il mio cielo. Mi sembrò una cosa molto profonda, e mi illusi che provasse qualcosa per me. Quando tra noi era già finita però, lessi un'intervista a Luciano, in cui diceva che questa canzone parla di una ragazza ingenua

e, visto com'è andata, credo che Fabrizio intendesse quello.»
«Senti un po'» comincia Nicoletta, «io non so un granché di questa storia e non ho idea di che carattere abbia l'uomo in questione, ma mi pare che fosse già chiaro che gliel'avresti data, quindi non vedo perché farti tutte quelle moine se non perché lo pensava davvero.»
Ridacchio su quel lato della mia amica che non saprei se definire pratico o addirittura cinico, e mi rendo conto che, in effetti, la sera in cui ero brilla, le avevo raccontato qualche aspetto scabroso della mia relazione extraconiugale, ma mi ero guardata bene dal parlare di sentimenti.
«Ero innamorata di lui» confesso. «È uno dei motivi per cui ho deciso di lasciare Davide, forse il principale.»
«Aspetta» mi ferma Nicoletta, «probabilmente ho capito male i tempi; quando hai lasciato Davide non era già finita con Fabrizio?»
«Sì» rispondo, «ma se non potevo avere lui, meglio stare sola. Rimanere con mio marito sarebbe stato un ripiego, anzi, a essere sincera era un ripiego già da un po'. A questo unisci che non ero soddisfatta del mio lavoro ed ecco il mix che mi ha portato da te.»
«Oh, be', allora è vero che non tutto il male viene per nuocere! Comunque avremo altre occasioni per parlare del passato, occasioni in cui tu dovrai raccontarmi tutto» dice ponendo bene l'accento sull'ultima parola, «adesso però dobbiamo pensare al presente.»

«Hai perfettamente ragione» confermo.
«Come sempre, aggiungerei.»
Prendo l'iPhone e il biglietto, su cui c'è scritto il numero, e lo salvo. Decido di guardare se per caso ha WhatsApp - ormai ce l'hanno tutti, persino mia madre - ed esplodo in una risata isterica. Nicoletta mi guarda come se fossi pazza. «Stai di nuovo male?» chiede.
«Mi dispiace distruggere i tuoi sogni di gloria, ma come detective non vali un cazzo neanche tu» esclamo girando verso di lei lo schermo del telefonino. Aprendo la App, accanto al numero appare una foto di Fabrizio. Anche la mia amica comincia a ridere, e non riesce più a fermarsi. Le vengono addirittura le lacrime.
«Oddio» borbotta tamponandosi gli occhi, «se ci avessimo pensato subito ci saremmo risparmiate cinque giorni di indagini e di ipotesi.»
«Però ti sei divertita, ammettilo» la incalzo.
«Oh, sì, tantissimo. Lo sai che adoro divertirmi alle tue spalle! Be', immagino che anche Fabrizio ti dicesse lo stesso...»
«Cretina» replico, «ma con amore eh?»
«Ovvio, ma petite, sempre con amore. Adesso però, manda questo messaggio.»
Inspiro, espiro e digito. "Quanti ricordi, rimpianti e rimorsi restano intrappolati tra le note di una canzone. Vediamoci oggi pomeriggio, alle diciassette, al mio negozio."

«Devo premere io invio?» domanda Nicoletta vedendo che non mi decido.
«No, no, adesso lo faccio.» E glielo spedisco davvero.
Dopo qualche minuto arriva la risposta. Dall'anteprima visualizzo soltanto: "Non vedo l'ora." Mi faccio coraggio e lo apro. "Non vedo l'ora, conterò i minuti. Un bacio piccola stella senza cielo."
Sembra quasi che non siano passati tre anni e che si possa ricominciare esattamente da dove ci siamo interrotti. Non ci siamo mai chiariti, perché io ho impedito che accadesse, e forse è arrivato il momento di farlo.
Leggo alla mia socia quello che mi ha scritto, e lei comincia a saltellare in giro per il negozio, dimostrando che, sotto l'aura cinica, nasconde un cuore molto romantico.
«Viv, non sono nemmeno le undici? Come facciamo ad aspettare tutte queste ore?»
«Come facciamo? Come faccio vorrai dire!»
«Chiudiamo prima e andiamo a fare shopping» propone, «sono sicura che non hai niente da metterti.»
«Non vedo perché dovremmo chiudere un'ora e mezza prima» protesto.
«Per esempio perché oggi hai appuntamento con un uomo che non vedi da anni e devi essere supermegafantasplendida?»
«Mmm, è vero, ma non è un motivo valido.»
«Comunque complimenti. Me l'hai fatta.»

«Eh? Che stai dicendo?» chiedo, non comprendendo il repentino cambio di argomento.
«Pensavo che non potessi nascondermi nulla di te, e invece sei riuscita a tenere segreto per anni il fatto di essere innamorata.»
Sospiro, perché per quanto abbia combattuto questo sentimento quando ho conosciuto Fabrizio, e poi quando l'ho perso, Nicoletta ha centrato il punto. Sono profondamente, totalmente e perdutamente innamorata di lui.

Capitolo IX

Alle dodici e trenta chiudiamo. Nicoletta insiste per accompagnarmi ad acquistare qualcosa di nuovo da indossare all'appuntamento, ma io mi rifiuto. Non perché non desideri essere supermegafantasplendida, ma proprio perché ho già fin troppe aspettative.
Mi sono fatta milioni di film su un mio ipotetico incontro con Fabrizio e ora che sta per accadere davvero, devo essere consapevole che non sarà come l'ho sognato.
«Magari per lui è solo una rimpatriata» penso a voce alta.
La mia socia, che sta chiudendo la serranda, non si lascia scappare l'occasione di sfottermi un po'. «Eh, certo, chi non perderebbe tempo a studiare quali frasi di canzoni scrivere in bigliettini da infilare sotto un portone, solo per rivedere un'amica?»
«Okay, ho detto una cazzata» ammetto sorridendo.
«Se proprio non vuoi che andiamo al centro commerciale, vai a casa, mangia qualcosa e cerca di dormire un po', perché dopo la mattinata che hai avuto, ne hai bisogno.»
La guardo in tralice. Davvero crede che io possa dormire in queste condizioni?
«Va bene, stavolta l'ho detta io la cazzata» aggiunge subito.
«Be', magari provo davvero a schiacciare un pisolino, anche se dubito molto che il casino che ho qui dentro mi permetterà di addormentarmi» affermo, picchiettandomi la tempia.

«Ore diciassette e un minuto inviare messaggio a me» si raccomanda.
Rido. «Alle diciassette e un minuto potrebbe non essere nemmeno arrivato se è in ritardo.»
«Uff» protesta. «Una mezz'ora per… salutarlo come si deve te la lascio» replica ammiccando.
«Ci sentiamo dopo, Nico.» Se le dessi retta continuerebbe all'infinito, perciò le faccio ciao con la mano mentre sono già di spalle.

Non ho fame, ma mi preparo un panino perché, dopo il semi svenimento della mattina, nonostante la mia scarsa lucidità mentale, capisco che saltare il pranzo è una pessima idea. Mi stendo davvero sul divano, ma non riesco a chiudere occhio, così comincio a prepararmi due ore prima dell'appuntamento. Sono nervosa. Non lo vedo e non lo sento da quella sera al Bed & Breakfast e non ho idea di cosa sia successo nella sua vita. Lui invece, se sa che sono qui, deve essere a conoscenza delle scelte che ho fatto io.
E anche tagliare i ponti senza ascoltare le sue ragioni è stata una tua scelta Viviana, mi dico, *non puoi avere rimpianti tre anni dopo.*
Mentre mi passo la piastra sui capelli mi rendo conto che, della nostra storia, mi sono rimasti soprattutto i rimpianti. Ho ricordi stupendi degli attimi che riuscivamo a strappare per noi, ma ogni volta che penso a lui, la prima cosa che sento è il rimpianto per non avergli

detto quello che provavo e per non avergli dato la possibilità di spiegarsi. Questa sera forse parleremo, e capirò perché ha voluto chiudere così, all'improvviso. Un terrore mi assale. E se volesse vedermi per chiarire una volta per tutte le cose lasciate in sospeso, perché sta per sposare Barbara?
Devo sedermi sul water perché le gambe mi cedono. Mi sforzo di allontanare questa idea pensando a quanto mi ha detto Nicoletta. Non si sarebbe impegnato così tanto se rivedermi non avesse importanza anche per lui. È inutile stare a rimuginare su quello che potrebbe o non potrebbe dirmi: tra poco lo rivedrò e andrà come deve andare, io poi agirò di conseguenza.
Finisco di stirarmi i capelli e mi piazzo di fronte all'armadio. La mia amica ignora che se comprassi dei vestiti nuovi non saprei proprio dove metterli, perché il mio problema non è che non ho abiti a sufficienza, ma che nessuno mi sembra mai adatto alla situazione. Indosso un completino intimo nero di Simone Pérèle, *perché non si sa mai,* e infilo un paio di jeans bottom up in denim scuro. Ci abbino un maglioncino grigio a V, che lascia intravedere l'attaccatura del seno. Normalmente in febbraio mi vestirei molto di più, ma è già tanto che non vada in body. Voglio che Fabrizio soffra almeno un po', vedendo quello cui ha rinunciato.
Ricordo che non gli piaceva quando mi truccavo troppo, anzi, mi preferiva al naturale, ma non me la sento di uscire senza coprire le occhiaie e affido questo sporco

lavoro al correttore. Sul viso mi limito a stendere un po' di BB cream e trucco la palpebra mobile con un ombretto rosa, che sfumo con uno più chiaro verso la palpebra fissa. Abbondo solamente con il mascara 'Grandiôse' di Lancôme. Raccolgo i capelli in una coda alta e sono pronta. Ampiamente in anticipo. Mi siedo sul divano e leggo qualche pagina dell'ultimo romanzo di Serena Versari. Non so come sia possibile, ma questa scrittrice riesce a farmi dimenticare persino Fabrizio, trascinandomi nel meraviglioso mondo che ha costruito. Do per caso un'occhiata all'orologio e mi accorgo che ho perso la cognizione del tempo e che è ora di uscire. *Potrei mandare un messaggio su Facebook alla Versari, raccontandole questa storia, magari ci scrive un libro!*
Mi infilo le francesine grigie, indosso la giacca in ecopelle imbottita, e vado incontro al mio destino.

Lascio la macchina nel solito parcheggio e mi avvio a piedi verso il Cakes & Flowers. E lui è già lì. In piedi davanti alla serranda del mio negozio. Persino da lontano distinguo quel sorriso sghembo che mi ha sempre rimescolato il sangue nelle vene. Lo scorrere del tempo sembra non averlo scalfito, ma il suo aspetto non è l'unica cosa a non essere cambiata, anche il desiderio e l'amore che provavo per lui sono rimasti intatti. Sento il ventre prendere fuoco e il calore scendere giù fino all'inguine, che già pulsa di desiderio. Mi tremano le gambe, e spero che il mio incidere sui tacchi non sia incerto, perché

Fabrizio non mi stacca gli occhi di dosso neanche per un secondo. Quando gli arrivo di fronte rimango immobile e in silenzio. Non riuscirei a parlare neanche se volessi, perché ho la bocca completamente asciutta. L'unica cosa che sento è il battito del mio cuore, che sembra il ticchettio di una bomba, e forse è un po' così che mi sento anche io. Se dicessi tutto ciò che provo, non farei forse detonare un ordigno?
Poi Fabrizio fa un passo verso di me e mi abbraccia. «Ciao, piccola» sussurra al mio orecchio, e io mi sciolgo. Non ricordo più se sono arrabbiata, se voglio sentire le spiegazioni che non gli ho mai permesso di darmi o se devo dire qualcosa, so soltanto che vorrei restare tra le sue braccia per sempre. Ricambio l'abbraccio più forte che posso, perché non vorrei più lasciarlo andare.
«Come sei diventata forte» mi canzona. Si allontana leggermente per potermi guardare, ma non smette di stringermi. «Dio, sei ancora più bella di come ti ricordavo.»
Nonostante tutto quello che c'è stato tra noi, quando sento questa affermazione non posso impedirmi di arrossire.
«Ciao Fabrizio» riesco finalmente a dire. Osservandolo da vicino mi accorgo di qualche filo grigio che spunta tra i suoi capelli. *Allora sei umano!*, penso.
«Mi mostri la tua attività?» chiede sorridendo. Io annuisco, ma mi sento strana. Non riesco a comportarmi come se tra noi non fosse cambiato niente, ma non ho

nemmeno la forza di affrontare l'argomento. Alzo la serranda, apro la porta e lo invito a entrare come un automa.
«Al Cakes & Flowers realizziamo composizioni floreali e dolci per tutte le occasioni» mi sforzo di spiegare, «dalla piccola festa di compleanno al grande evento mondano.»
«Lo so» afferma.
«Lo immaginavo» replico appendendo la giacca all'attaccapanni. Aspetto che Fabrizio faccia altrettanto, poi continuo a illustrargli il locale.
«Questa è la parte in cui lavora la mia socia, Nicoletta, che si occupa delle decorazioni con i fiori.»
«E tu, dove lavori?»
«Vieni» gli dico sfiorandogli il braccio per guidarlo in direzione della cucina. I polpastrelli si incendiano per questo breve contatto, e il calore si irradia fino alle guance che si imporporano all'istante. Non c'è niente da fare, quest'uomo mi fa più effetto che se mi fossi trovata faccia a faccia con Mark Owen dei Take That negli anni novanta. Fabrizio se ne accorge e sul suo viso spunta un sorriso compiaciuto.
«Questo è il mio regno» affermo varcando la soglia della cucina e cercando di mantenere un contegno.
«Wow» esclama. «Sembra una sala operatoria.» Rido. «Soltanto perché in questo momento non sto lavorando» gli assicuro. «Quando cucino somiglia più che altro a un campo di battaglia.»

«Che bello sentire di nuovo la tua risata» sussurra Fabrizio accarezzandomi una guancia. Mi appoggio sul tavolo da lavoro temendo che le gambe non mi sorreggano e mi azzardo ad accarezzarlo anche io. La sua barba curata è morbida come la ricordavo e ci affondo le dita com'ero solita fare dopo che avevamo fatto l'amore. Pianto gli occhi nei suoi e capisco che è eccitato perché le sue iridi si sono fatte quasi nere. Mi viene più vicino e preme l'erezione contro il mio corpo, come se volesse darmi conferma di ciò che ho percepito. Mi scioglie la coda e stringe la mano a pugno tra i miei capelli, strattonandoli lievemente. E poi mi bacia. Se non fossi già innamorata di lui mi innamorerei adesso, mentre la mia bocca si fonde con la sua. All'inizio le nostre labbra si sfiorano soltanto, respiriamo l'uno nell'altra come se da quei respiri dipendesse la nostra vita. Poi Fabrizio diviene più audace e si fa strada con la lingua nella mia bocca. Quando mi morde il labbro inferiore una stilettata di piacere arriva direttamente al mio basso ventre. Sono eccitata come non ero da anni, come non sono mai stata, se non con lui. Mi toglie il maglione, mi slaccia i jeans abbassandomeli fino alle caviglie, guardandomi come se stesse ammirando l'ottava meraviglia del mondo. Il tessuto sottile delle culotte non trattiene i miei umori, Fabrizio allunga le dita verso il centro del mio piacere e inizia ad accarezzarmi. Nonostante la barriera che separa la mia pelle dalla sua mi sfugge un gemito. «Quanto mi sei mancata» afferma con la voce resa più roca dal desiderio. Vorrei dirgli che mi è mancato anche lui, ma non sono in grado di formulare un pensiero di senso compiuto. Infila le dita sotto il tessuto e quasi grida: «Caaazzo quanto sei bagnata.»

«Vedi cosa mi fai?» riesco a dire a fatica mentre spingo il mio bacino contro la sua mano che continua a tormentare il mio clitoride. Poi lo abbandona per portarsela alla bocca e leccarsi le dita. Se non mi stessi reggendo al tavolo non riuscirei a restare in piedi vedendolo compiere questo gesto così erotico. «Non esiste niente di più dolce» mi sussurra all'orecchio liberando i miei seni dal reggiseno a balconcino e accarezzandoli fino a che i capezzoli, già turgidi, diventano duri quanto il marmo.

Io infilo le mani sotto la maglietta e sfioro a uno a uno i suoi addominali. *Hai continuato ad allenarti a quanto pare,* penso, ma è una frase troppo lunga perché io riesca a pronunciarla. Se la sfila abbandonandola a terra, e il mio occhio cade sulla V che i suoi muscoli disegnano, quasi volessero indicarmi il percorso verso il piacere. Armeggio con la cintura dei pantaloni, ma mi tremano le mani. Fabrizio sorride e viene in mio soccorso. Rimane in boxer, che provvedo a sfilargli, liberando l'erezione che si erge fiera verso si me. Fargli quell'effetto mi fa sentire bellissima e potente e mi fa quasi perdere la ragione. Quasi. Perché quando mi sfila le scarpe e i jeans, e mi alza di peso per farmi sedere sopra il tavolo, capisco che sta per entrare dentro di me senza protezione.

«Aspetta» protesto.

«Qualcosa non va?» domanda allarmato.
«Il preservativo» rispondo.
«Hai smesso di prendere la pillola?»
«No. Sì. Insomma… ne hai uno?»
È costretto ad armeggiare nei pantaloni abbandonati alle caviglie. Ne estrae uno dal portafoglio e mi dice: «Io mi fido di te, e da quando…»
Lo zittisco mettendogli un dito davanti alla bocca. «Adesso non voglio sapere niente» affermo. Si limita ad annuire e infila il preservativo.
«Dove eravamo rimasti?» chiede con lo sguardo di un gatto che ha stanato il topolino.
Mi allarga le cosce e mi penetra con un unico affondo. Mi aggrappo a lui e ricambio le sue spinte. «Questo è il mio posto» ruggisce mentre pompa dentro di me. «Sei ancora mia, Viviana?» domanda senza rallentare.
E io, più vicina all'orgasmo a ogni colpo che mi infligge, rispondo: «Sono tua, solo tua.»
Sto per raggiungere le vette del piacere, quindi stringo i muscoli attorno al suo membro, e arriviamo al culmine nello stesso momento. *È perfetto, tutto semplicemente perfetto,* penso, ma quando si sfila da me e mi chiede dov'è il bagno mi sento vuota, e non solo fisicamente.
Sono combattuta tra il desiderio di correre da lui, sbatterlo al muro, e costringerlo ad ascoltarmi mentre gli dico che lo amo, e quello di scappare lontano. Ma Fabrizio torna in quel momento, raccoglie la maglietta

dal pavimento, sorride e depone un bacio lieve sulle mie labbra. E io, non posso più scappare.

Capitolo X

«Ti porto a cena» annuncia Fabrizio mentre si riveste. Questa affermazione mi coglie di sorpresa, e la memoria va a tutte le sere che ho passato aspettandolo in albergo, perché la compagna voleva che cenasse con lei e non con *i suoi amici*. «Non ti sentire obbligato» rispondo, come se intendesse offrimi la cena perché abbiamo appena fatto sesso.

«Obbligato?» chiede. «Perché dovrei sentirmi obbligato? Voglio stare con te, e poi, non dobbiamo parlare noi due?»

Sì, dobbiamo parlare, ma io continuo a sentire il desiderio di scappare come se fossi inseguita da uno sciame di vespe.

«Questa sera non posso, ho un altro impegno» mi giustifico infilando le francesine ai piedi.

Fabrizio mi guarda come un cane bastonato dal padrone. «Non fraintendermi, non intendo lamentarmi, il sesso è stato stupendo, ma pensavo che avremmo trascorso la serata insieme, a fare anche altro» afferma.

Lo amo con tutta me stessa, ma per qualche motivo sto facendo il contrario di quello che mi dice il cuore. Mi dirigo verso l'altra stanza e mi segue, evidentemente stupito dal mio comportamento.

«Adesso devo proprio andare» dico indossando la giacca.

«Viviana» mi implora, «fermati solo un istante.»

Gli passo il cappotto senza parlare, lui se lo infila e usciamo dal negozio. Chiudo e abbasso la serranda. Non ho la forza di alzare lo sguardo perché sto trattenendo a fatica le lacrime. Fabrizio posa le dita sul mio mento e mi costringe ad alzare il viso e a guardarlo. Nei suoi occhi leggo chiaramente che si chiede cosa stia succedendo.
«Non ci capisco niente» confesso. «Devi darmi un po' di tempo.»
«Un po' di tempo? Ma se ti ho dato tre anni!» protesta. «Anzi, a dire il vero, te li sei presi.»
«Per favore, ora lasciami andare» chiedo con le lacrime che ormai scendono a rigarmi le guance.
«Oh, cazzo, non piangere! Merda, non ti avevo mai vista piangere e se passare del tempo con me ti fa sentire così, sarebbe stato meglio se non ti avessi cercato.»
Vorrei dirgli che non è così, che ho pensato a lui ogni secondo di ogni giorno, e che la cosa che desideravo di più al mondo era rivederlo, invece non faccio altro che continuare a piangere.
«Okay, senti, se ti faccio stare male, allora vai. Però, ora che ci siamo rivisti, per favore, non sparire. Chiamami. Anche solo per dirmi che stai bene, o che non vuoi rivedermi mai più, ma dimmi qualcosa questa volta. Non finiamola di nuovo con il silenzio» aggiunge.
Faccio segno di sì con la testa, lui mi accarezza una guancia e poi se ne va, lasciandomi da sola e in lacrime.

Cammino verso la mia auto piangendo e dandomi della cretina. È possibile trascorrere anni a chiedersi cosa sarebbe successo se si avesse avuto il coraggio di dire una determinata cosa, e poi, quando l'universo ti dà un'altra opportunità, non dirla per la seconda volta? *Se ti chiami Viviana Castelli, è possibile.*
Invio un messaggio a Nicoletta. "Vieni da me. Subito."
Non mi risponde, ma al mio arrivo la trovo ad aspettarmi davanti al portone.
«Che cazzo è successo?» mi chiede vedendo i miei occhi gonfi di pianto.
«Entriamo, è meglio» rispondo.
Una delle prime cose che faccio, una volta nel mio appartamento, è scaldare l'acqua per farmi una camomilla.
«Tu vuoi qualcosa?» domando alla mia amica.
«Sì, che tu ti sieda qui con me sul divano e mi dica cos'è andato storto.»
Sospiro e la raggiungo. «Io sono storta, Nico. Io» sbuffo.
«Questo lo sostengo da tanto» afferma nel tentativo di strapparmi un sorriso. «Adesso però raccontami tutto dall'inizio. Ti ha forse detto che non prova per te quello che tu provi per lui?»
«Non abbiamo parlato. Abbiamo fatto...» mi fermo per scegliere quale parola usare, «l'amore.»
«Alleluja!» esclama Nicoletta. «E non dirmi che non è stato bello, perché quanto è bravo a letto è l'unica cosa che so di quest'uomo.»

«Infatti è stato fantastico. Perfetto, oserei dire. Dio, quando posa le mani su di me io passo allo stato liquido, mi sento come cera che lui modella con le dita a suo piacere…»
«L'importante è che al piacere tu ci sia arrivata» specifica subito la mia socia.
«Oh, non ne hai idea… Ogni volta credo che non potrà mai esserci di meglio, e invece la volta successiva l'orgasmo è più forte e più travolgente.»
«Bene. Fabrizio già mi piace. E mi spieghi come siamo passati da queste sensazioni paradisiache al pianto a dirotto?»
«Voleva andare a cena e trascorrere la serata con me.»
«Eh, certo, chi non si dispererebbe nell'essere invitata a cena da un bel pezzo di manzo con cui ha appena fatto del sesso wow» dichiara ironica.
«Sentivo il pepe al culo Nico, e non so perché» piagnucolo.
«Sei sicura di non saperlo o stai solo facendo finta, come quando fingevi di voler restare con Davide, o di non vedere che Matteo era una mezza calzetta?» chiede. «Sono parole tue eh» aggiunge notando il mio sguardo assassino, «be', quasi tutte, a parte mezza calzetta.» L'acqua ormai è bollente, perciò mi alzo per prepararmi la camomilla.
«Non so cosa sia successo tre anni fa, ma adesso ho l'impressione che tu stia scappando dai tuoi sentimenti» continua la mia amica.

Mentre litigo con il filtro mi rendo conto che ha perfettamente ragione. «È vero» confermo vuotando la bevanda nel lavandino. Apro il frigo, prendo l'Anima nera, me ne verso due dita e bevo tutto d'un fiato.
«Coraggio liquido *de noantri*» ridacchia Nicoletta.
«Hai ragione» confesso. «Sono scappata. Sono scappata tre anni fa, così come oggi. Ma non l'ho fatto perché ho paura dei miei sentimenti, piuttosto perché ho paura di essere respinta.»
«Viviana» mi dice seria, «lo ami?»
«Sì.»
«Hai o non hai detto che lui è il motivo principale per cui hai deciso di rivoluzionare la tua vita, nonostante non foste una coppia?»
«Sì» ripeto.
«E hai sedici anni?»
«No» rispondo senza capire che cosa intenda.
«E allora perché cazzo ti stai comportando come se li avessi?»
La guardo stupita e non posso fare a meno di scoppiare a ridere. Il riso poi si trasforma in pianto e Nicoletta mi abbraccia.
«Quindi ce l'hai un cuore» sussurro asciugandomi le lacrime.
«Cretina. Ma...»
«...con amore» completo la frase per lei.
Le racconto tutto dal principio, cominciando dal giorno in cui ho conosciuto Fabrizio al corso di aggiornamento a

Padova, passando attraverso gli anni fatti di sotterfugi per riuscire a vedersi e finendo con l'ultima sera in cui siamo stati insieme.
«Ora ho le idee un po' più chiare» afferma quando smetto di parlare. «E confermo che ti comporti come un'adolescente.» Le faccio una linguaccia. «Ecco, appunto! Come volevasi dimostrare. Certo che ti deve scombussolare davvero tanto quest'uomo se vai in tilt così. Sei una donna coraggiosa, capace di mollare tutto e ricostruirsi una vita che le corrisponda di più, e poi non riesci a dire a qualcuno che lo ami?»
«Per lui è solo sesso» protesto.
«Senti, capisco perché tu lo pensassi quando eravate amanti, ma dopo i bigliettini e quello che ti ha detto oggi pomeriggio, io non credo proprio che sia così.»
«Pensa che... No, non te lo dico.»
«Non puoi lanciare il sasso e poi nascondere la mano. Adesso me lo dici» mi incalza.
«Okay. Sono arrivata addirittura a pensare che volesse vedermi per chiudere le cose lasciate in sospeso, prima di sposarsi.»
Nicoletta esplode in una risata. «A costo di ripetermi, ma petite, chi non farebbe la fatica di infilare sotto un portone tutte le mattine dei messaggi ben congegnati per dire alla sua ex amante che si sposa?»
«Sì, be', detto così suona ridicolo.»

«Perché è ridicolo!» Faccio il broncio. «Bene, così sembra che tu ne abbia cinque di anni, non sedici. Per una volta, vuoi dare ascolto alla tua amica?»
Annuisco. «Dal momento che ti sei un po' calmata, io me ne vado, tu chiami Fabrizio e gli chiedi di venire qui.»
«Qui?» domando stupita.
«Sì, qui, e invece di viverla come un'invasione della tua privacy, pensa che sei nel tuo ambiente naturale e che sai come muoverti. Poi, se vuoi farti invadere di nuovo, quello sta a te deciderlo...» ridacchia.
«Okay, devo ammettere che il tuo ragionamento non è sbagliato.»
«Io non sbaglio mai, baby» recita con voce impostata. Dopo averla salutata, e averle promesso un aggiornamento in tempo reale, recupero il mio iPhone dalla borsa e mi accorgo che Fabrizio mi ha chiamato due volte e mi ha inviato tre messaggi.
"Volevo solo sapere se stai bene."
"Non dovevo saltarti addosso, ti ho dato un'idea sbagliata delle mie intenzioni."
"Parlami, Viviana, per favore."
Sorrido nonostante il tono preoccupato, perché comprendo che se non tenesse veramente a me, non mi avrebbe scritto. Seleziono il suo numero e premo il tasto verde.
«Grazie, grazie, grazie di avere chiamato» sono le prime parole che mi dice.
«Ciao» lo saluto.

«Ciao, Viviana. Stai bene?»
«Sì, sto bene. Senti, ti chiamo perché… Ti volevo chiedere… Vorresti venire da me?»
«Adesso?» domanda speranzoso.
«Sì» rispondo, «adesso. Solo se ti va eh…»
«Certo! Vengo subito! Però mi devi dare il tuo indirizzo…»
Glielo dico e lo sento ridere mentre se lo appunta.
«Perché ridi?» chiedo.
«Perché abitiamo a due vie di distanza.»
«Ti aspetto allora?»
«Mi infilo le scarpe e sono da te.»

Capitolo XI

Il citofono suona e il mio cuore fa un triplo salto mortale carpiato con avvitamento.

«Sì?» chiedo nella cornetta.

«Sono io» risponde l'uomo che popola i miei sogni.

«Primo piano, a destra» spiego premendo il pulsante che apre il portone. Esco ad aspettarlo sul pianerottolo, e pochi secondi dopo è già di fronte a me.

«Ciao» mi saluta dandomi un bacio su una guancia e soffermandosi a inspirare il profumo dei miei capelli, regalandomi subito un brivido.

«Benvenuto» lo accolgo spostandomi di lato, invitandolo così a entrare in casa. Fabrizio rimane in piedi a guardarsi intorno per qualche istante, poi mi porge un bigliettino come quelli che ha lasciato ogni giorno per me al negozio.

«Che cos'è?» domando curiosa.

«Indovina?» risponde sorridendo sornione.

Lo apro con il cuore che continua ad allenarsi per i campionati mondiali di tuffo.

E so che non si torna indietro mai, lo so io, lo sai tu,
ma se dovessi cambiare idea, io sarò qui.

Una lacrima scende a rigarmi una guancia, lui si avvicina e la raccoglie con le labbra. «Le cose non stanno andando come avrei voluto» sospira, «oggi riesco solo a farti piangere.»

Faccio segno di no con la testa. «È che mi hai fatto commuovere» confesso sperando che quelle parole significhino che anche lui desidera una seconda possibilità.
«Allora, possiamo parlare?» chiede speranzoso.
«Sì» confermo infilandomi in tasca il suo sesto e prezioso messaggio. «Dai, togliti la giacca» aggiungo poi. Fabrizio si sfila il giubbino sportivo che io appendo sull'attaccapanni da parete in entrata. Ha cambiato abbigliamento rispetto al nostro appuntamento del pomeriggio, ora indossa una tuta grigia e un paio di scarpe da ginnastica nere. Io invece sono vestita allo stesso modo, ho solo tolto le francesine, in casa non porto nemmeno le pantofole e giro in calzini. E poi ero troppo impegnata a piangermi addosso per pensare agli abiti.
«Carino qui» afferma, forse perché non sa come iniziare il discorso. Lo ringrazio e gli domando se posso offrirgli qualcosa. Mi ricorda Nicoletta quando mi dice: «Voglio solo che ci sediamo e parliamo un po'.»
Deglutisco. È arrivato il momento di confessare la mia verità e, anche se sono terrorizzata all'idea di scoprire la sua, questa volta non scapperò. Si accomoda sul divano e mi fa cenno di sedermi accanto a lui. Sorrido mentre lo raggiungo, perché sembra quasi che il padrone di casa sia lui e non io.
«Okay» comincia, «aggiornami su questi tre anni.»

«Forse dovresti iniziare tu» propongo, «perché, se mi hai trovato, è evidente che sai più cose tu di me di quante ne sappia io di te.»
«Ah no, non ci provare piccola» protesta. «Su, tutto dal principio, e cioè dall'ultima volta in cui ci siamo visti.»
Prendo un respiro profondo. È ora di vuotare il sacco. «La sera in cui mi hai lasciato mi sono sentita come un giocattolo fatto a pezzi, per il quale non esisteva colla in grado di aggiustarlo...» esordisco, ma Fabrizio cambia espressione e mi ferma subito.
«Ehi, ehi, ehi... Come sarebbe la sera in cui ti ho lasciato? Viviana, tu hai lasciato me!»
«Io?» esclamo. «Ma se mi hai scritto che la situazione era diventata insostenibile! Vorresti forse negarlo?»
«No, non lo nego, ma...»
Non gli permetto di terminare la frase. «Lo vedi? Volevi lasciarmi.»
«Chi dei due ha detto è meglio chiuderla qui?»
Non rispondo subito, mi limito a guardarlo negli occhi e vi leggo una profonda tristezza.
«Mi stai dicendo che non intendevi mettere fine alla nostra relazione?» chiedo incerta.
«No, cazzo. Certo che no!»
Sono esterrefatta. Possibile che sia tutto un enorme malinteso?
«Quella sera mi hai scritto che non avevo capito un cazzo, ma ho come l'impressione che anche tu abbia una gran confusione in testa» aggiunge.

«In effetti…» commento. «Credo sia meglio partire da questo allora, chiariscimi le idee.»
«D'accordo» annuisce Fabrizio.
«Dal momento che è ormai evidente che ho frainteso» domando, «cosa volevi dire con quella frase?»
«Non ce la facevo davvero più a vivere così» conferma, «e speravo di spronarti ad ammettere che anche per te era sempre più difficile.»
Sto per mettermi di nuovo a piangere perché credo di aver capito dove porterà questo discorso. Ricaccio indietro a fatica le lacrime e lo invito a continuare.
«Volevo cambiare la situazione Viviana, ma non lasciandoti, bensì chiedendoti di uscire allo scoperto» confessa prendendomi le mani.
Vorrei urlare. Ho buttato nel cesso tre anni della mia vita. *Be', magari non li ho proprio gettati nello scarico,* penso, *ma avrei potuto passarli con te.*
«Ho sbagliato tutto, Fabrizio» ammetto stringendolo più forte. Lui ride, poi replica: «Come darti torto?»
Gli schiaffeggio scherzosamente un braccio. «Mi dispiace» confesso, «mi dispiace di non aver mai risposto alle tue telefonate, mi dispiace di averti bloccato su WhatsApp e su Facebook, mi dispiace di non averti dato la possibilità di spiegare, mi dispiace di aver cambiato numero di telefono…»
«Non ti dispiace di non essere stata sincera con me? A me sì di non esserlo stato con te, perché se ti avessi detto

prima quello che provavo, forse le cose sarebbero andate diversamente.»
«Sì, mi rammarico soprattutto di non essere stata sincera con te. È il mio più grande rimpianto. Non è trascorso neanche un giorno senza che io mi chiedessi se il presente avrebbe potuto essere diverso se io ti avessi confessato la verità.»
«E qual è la verità?» mi incalza.
Fabrizio è qui accanto a me, e mi stringe la mani. Mi ha appena rivelato che desiderava che uscissimo allo scoperto, perciò mando al diavolo la paura di essere respinta che mi ha portato più volte ad allontanarlo prima che lo facesse lui. *Solo che lui non lo avrebbe fatto.*
«La verità è che ti amo» dico d'un fiato. E lui mi fa il sorriso più bello del mondo, un sorriso che mi riscalda la pelle come il sole in piena estate.
«Continua» suggerisce, non ancora pienamente soddisfatto dalla mia confessione.
E io lo bacio. «Ti amo, ti amo, ti amo» sussurro nella sua bocca. Fabrizio mi prende di peso e mi deposita sulle sue ginocchia senza staccare le labbra dalle mie.
«Ti amo anche io» ammette, e io mi sento come se mi avessero risucchiato via tutto l'ossigeno dai polmoni. Quando riprende a baciarmi però, ricomincio a respirare. Lui è qui, è reale, posso toccarlo, perciò non si tratta uno di uno miei tanti sogni a occhi aperti. Gli accarezzo le braccia e la schiena, poi abbandono la sua bocca per

mordicchiargli il lobo dell'orecchio e giocare con il suo orecchino.
«Mmm, piccola» geme afferrandomi il fondoschiena. Infilo le mani sotto la sua felpa, ma proprio quando incontro la solidità del suo addome mi afferra i polsi e mi blocca.
«Perché mi fermi?» protesto.
«Sappiamo entrambi come andrà a finire se ti lascio continuare, e invece dobbiamo parlare.» Dal tono della sua voce traspare chiaramente l'eccitazione.
«Abbiamo parlato» mi giustifico sfiorando i suoi addominali, ma Fabrizio è irremovibile.
«Non abbiamo finito» sussurra, «ed è meglio farlo finché ho ancora un po' di sangue al cervello» aggiunge ridendo.
Se insistessi cederebbe, ma non lo faccio, perché so che ha ragione. Realizzo con orrore che, mentre lui sa di sicuro che ho lasciato Davide, io non so niente della sua situazione sentimentale.
«Sei ancora il compagno della signorina Giraudo?» domando sfoderando il mio sguardo assassino.
«Chiese quella che non voleva più parlare» mi canzona. Vorrei essere Ciclope degli X- Men, e aver dimenticato gli occhiali, per poterlo incenerire. «Ormai siamo in ballo, quindi balliamo. Sarà meglio che ci diciamo tutto» suggerisco.
«Okay» accetta Fabrizio, «allora sappi che non è stato facile rintracciarti. Quando hai tagliato i ponti con me,

l'unica cosa che avrei potuto fare sarebbe stata venire a casa tua. Ma tu eri sposata con Davide e, per quanto ne sapevo io, volevi stare con lui. Avrei potuto metterti nei guai presentandomi lì, avrei potuto farti del male, e non te ne farei mai.» Annuisco. «Il solo contatto che avessimo in comune era Laura, la collega che aveva frequentato con te il corso in cui ci siamo incontrati, l'unica che ti conoscesse e che io avessi tra gli amici sui social.»
«A dire il vero non sento Laura da tre anni. Non l'ha presa molto bene quando le ho parlato delle mie intenzioni» gli spiego.
«Lo so» continua, «me l'ha detto, ma non sapevo se crederle. Ho pensato che poteste essere così amiche che sapesse dove trovarti ma che intendesse rispettare la tua volontà di tenermi lontano.»
Scuoto la testa. «Non lo sapeva davvero.»
«Tranquilla, non l'ho stalkerata» ridacchia.
«E allora?» chiedo. «Come hai fatto a trovarmi?»
«C'è voluto un po'» ammette. «Ogni tanto ti *googlavo*, ma ottenevo solo risultati che avevano a che fare con il tuo impiego in banca o con tuo padre.»
Solo a sentire nominare Amedeo Castelli il mio viso si contorce in una smorfia. Fabrizio lo nota ma mi propone di parlare di lui in un altro momento.
«Sì, rimandiamo il racconto di come ha accolto con gioia la mia partenza da Verona» dico ironica.

«Veniamo invece a come ti ho rintracciato» continua. «Finalmente, qualche mese fa, Google mi ha fornito un risultato interessante...»
«Il Cakes & Flowers...»
«...di Viviana Castelli e Nicoletta Vescovi» aggiunge. «Mi ha stupito un po' vedere che questo negozio aveva sede a Bologna, dovevi aver lasciato il lavoro come impiegata, ma potevi aver lasciato solo quello...»
«E come hai scoperto che non era così, dal momento che sei tuttora bloccato su Facebook?» chiedo. «Be', direi che adesso posso togliere il blocco» affermo sorridendo e tentando di alzarmi per recuperare il telefono. Fabrizio mi trattiene sulle sue ginocchia. «Dopo» mormora, e colgo un leggero imbarazzo nella sua voce.
«Mmm, cosa non vuoi dirmi?» indago.
«Non è che non voglia dirtelo» risponde, «è che mi vergogno un po'.»
«Non so di cosa tu ti possa vergognare dal momento che stai parlando con una a cui l'amante voleva chiedere di uscire allo scoperto e che ha invece capito che intendeva lasciarla.»
«Se la metti così, posso anche confessare.»
«Sentiamo.»
«Sono andato a spiare la bacheca di Davide.»
Scoppio a ridere. «Tutto qui?» domando.
«Sì. Non fa tanto adolescente *friendzonato*?»
«Forse» ammetto, «ma la bacheca di Davide è pubblica, quindi...»

«Comunque la sua situazione sentimentale era stata aggiornata in single, perciò ho dedotto che vi foste lasciati.»
«Deduzione corretta. Io però non so quale sia la tua di situazione…»
«Okay, okay, hai ragione. Hai diritto di saperlo. Sei mesi fa ho lasciato Barbara.»
Gli occhi mi si riempiono di lacrime. «Stai dicendo che adesso possiamo stare insieme? Io e te possiamo davvero essere una coppia?» chiedo implorante.
«Sì, Viviana, possiamo stare insieme» risponde. Affondo il viso nell'incavo del suo collo e do libero sfogo al mio pianto che, finalmente dopo anni, è un pianto di felicità.

Capitolo XII

Fabrizio mi tiene tra le sue braccia finché non smetto di piangere.
«Ehi» sussurra accarezzandomi i capelli. «Non fai che piangere, e la cosa mi preoccupa non poco.»
«Sono solo felice» affermo. Felice. Non ricordo nemmeno più l'ultima volta che mi sono sentita così.
«Solo? Hai detto niente…»
«No, ho detto tutto» dissento. «Tu sei il mio tutto» confesso.
«E tu il mio. Credevo che lo avessi capito quando ti ho detto che avrei voluto essere il tuo cielo» afferma.
«In quel momento hai acceso in me la speranza, ma poi ho scoperto che 'Piccola stella senza cielo' parla dell'ingenuità di una ragazza, e ho pensato che mi stessi prendendo in giro.»
Scuote la testa. «Certo che sei un bel tipo. Mi chiedo come possano esistere dentro di te una donna con abbastanza palle da mollare tutto e costruirsi una nuova vita e una con un'autostima così bassa da temere sempre di non essere amata.»
«Non lo so» rispondo sinceramente, «se lo scopri illumina anche me.»
«Senti un po'» dice cambiando discorso, «io comincio ad avere fame, usciamo a mangiare qualcosa?»

Non ho voglia di andare a cena. Una parte di me ha paura che, uscendo da quella porta, l'incantesimo si spezzi.
«Perché non ordiniamo una pizza?» propongo.
«Sì, perché no?» accetta Fabrizio.
Cerco di alzarmi ma mi trattiene sulle sue gambe. «Non vuoi vedere il listino della Pizza di Damiano? Fa anche consegne a domicilio.»
«Prima dammi un altro bacio.» Mi avvicino alle sue labbra e le percorro tutte con la lingua. Gli poso una mano sulla nuca per attirarlo a me e cerco di farmi strada nella sua bocca, che lui prontamente dischiude permettendomi di entrare e di esplorare ogni centimetro. Il suo sapore è inebriante e il calore di questa danza si diffonde in tutto il mio corpo. Un bacio, soltanto un bacio e io sono già senza fiato e pronta ad accoglierlo.
«Quanto mi sei mancato» confesso quando ci allontaniamo.
«Non sai quanto mi sei mancata tu» ammette posandomi un bacio sulla fronte, e io mi concedo di leggere in questo gesto il sentimento profondo che ci lega, che va ben al di là dell'incredibile attrazione che proviamo l'uno per l'altra. Scegliamo due pizze dalla brochure e, mentre aspettiamo la consegna, continuiamo a chiacchierare.
«Non mi hai ancora spiegato cosa ci fai a Bologna» dico.
«Ho raggiunto la donna che amo» è la sua risposta.
Sapere che mi ama mi fa sentire bene come non mi sentivo da tempo, anche se non posso fare a meno di

pensare a quanto sono stata sciocca. Mi sono davvero comportata come un'adolescente, ma ormai non posso tornare indietro. Dato che questo è un nuovo inizio però, posso fare in modo di non ripetere gli stessi errori.
«Non sei impulsivo quanto me, non posso credere che tu abbia lasciato Barbara e il lavoro contemporaneamente» affermo.
«Infatti ho lasciato solo Barbara» precisa. «Mi è capitata quella che non esiterei a chiamare una gran botta di culo. Il direttore mi ha convocato dicendomi che c'era la possibilità di una promozione a funzionario, ma soltanto se fossi stato disponibile a trasferirmi a Bologna.»
«E tu hai colto la palla al balzo.»
«Avevo appena scoperto l'esistenza del Cakes & Flowers. Se non era un segno del destino quello…»
«I miei complimenti signor funzionario.»
Veniamo interrotti dal fattorino che suona il campanello. Fabrizio insiste per pagare, come ha sempre fatto da quando lo conosco, gli piace comportarsi da perfetto gentiluomo e io lo lascio fare. Mangiamo in silenzio, scambiandoci solo qualche sorriso. Credo che la felicità metta appetito, perché divoro la pizza e non ne lascio nemmeno una briciola.
«Se avessi sperato di assaggiare un po' della tua sarei rimasto deluso» ridacchia lui.
«Ah, be', mettiamo subito in chiaro una cosa, se cerchi una donna che mangi come un fringuellino, hai decisamente sbagliato indirizzo» replico piccata.

Fabrizio ride, si alza, mi prende in braccio e mi deposita sul divano. Si accoccola accanto a me e ci copre entrambi con il plaid che tengo a portata di mano per le serate in cui mi siedo a leggere.
«Sei perfetta come sei» mi sussurra. Vorrei che questa serata non finisse mai, ma non dimentico cosa ci siamo lasciati alle spalle.
«Come l'ha presa Barbara?» mi azzardo a chiedere.
«E Davide come l'ha presa?» domanda a sua volta.
«Malissimo» rispondo, «non hai idea di che putiferio è scoppiato quando gli ho detto che tra noi era finita.»
«Oh, ne ho un'idea piuttosto chiara, fidati.»
«Mi porta molto rancore» continuo, «e lo capirei se fosse stato ancora innamorato di me, ma in realtà il vero problema è che la mia scelta l'ha costretto a uscire dalla sua zona comfort. Un uomo che ti ama non si comporta come si comportava Davide con me.»
Annuisce. Evitavo di parlargli di mio marito quando la nostra era una relazione clandestina, ma gli avevo confidato che non solo dava la mia presenza per scontata, ma che non mi toccava più da tempo. «Lui non mi vedeva» riprendo, «io ero lì, ma era come se non ci fossi.»
«Spesso nella vita le persone ti guardano e basta, ma ogni tanto, se sei fortunato, incontri qualcuno che ti vede davvero» dice accarezzandomi una guancia e guardandomi negli occhi. Gli sorrido, perché *mi vede*.
«Quando…» mi interrompo perché non so bene come formulare la frase. «Quando ho creduto che tu mi avessi

lasciato» riprendo strappandogli un sorriso, «ho provato a tornare a casa e a comportarmi come niente fosse, come facevo dopo ogni nostro incontro, ma dentro di me era scattato qualcosa che lo ha reso impossibile. Ti avevo perso, eppure eri l'unico con cui volevo stare, perciò rimanere con Davide non aveva più senso. Se non potevo avere te, allora era meglio stare da sola piuttosto che portare avanti una relazione che sarebbe stata soltanto un ripiego.» Le parole mi escono da sole, come se fossero state lì pronte già da tempo, in attesa soltanto del momento giusto per essere pronunciate.
«Ti capisco perfettamente» rivela Fabrizio. «Anche io ho provato a comportarmi come se niente fosse, ma ero arrivato a non sopportare nemmeno più la presenza di Barbara. Solo che non sono stato coraggioso come te, non ho chiuso la mia storia finché non ho avuto un'alternativa.»
«A tua discolpa, c'è da dire che tu non odiavi il tuo lavoro» lo giustifico.
«Proprio non ti piaceva fare l'impiegata in banca?» mi chiede. «In fondo è grazie a questo se ci siamo conosciuti.»
«E ringrazierò sempre, ma non era quello che volevo fare nella vita. La mia scalata fino ai vertici era un progetto del direttore Amedeo Castelli. Io...»
«...tu sei un'artista» dice terminando la frase al posto mio. «E finalmente puoi cucinare per me» aggiunge.
«Non vedo l'ora» confesso.

Gli appoggio la testa sul petto, e il battito regolare del suo cuore è così rilassante e rassicurante che mi addormento. Mi sveglio dopo un paio d'ore e mi accorgo che Morfeo ha rapito anche lui. Per un po' lo guardo dormire, mi soffermo a osservare i suoi capelli neri ora striati di grigio, le piccole rughe intorno agli occhi chiusi, la curva della mascella che la barba lunga nasconde, ma che io conosco a memoria. È così bello che gli antichi lo avrebbero di certo preso a modello per dipingere o scolpire un dio.
Poi comincia a muoversi e si ridesta, forse perché si sente osservato.
«Ciao» mormora con la voce impastata dal sonno. «Cosa stavi facendo?»
«Ti guardavo dormire» ammetto candidamente.
«Spettacolo interessante?» chiede.
«Molto interessante» rispondo accarezzandolo.
«Che ore sono?»
«Mezzanotte passata.»
«Vuoi andare a letto?» domanda.
«È un invito?»
«Ma no, intendo a dormire!»
«Scusa se ho frainteso» mi fingo risentita.
«Dai, Viviana, ti prego, sono mezzo addormentato» protesta, «se vuoi riposare me ne vado.»
Sono molto provata dalla giornata, ma non voglio affatto che se ne vada. Abbiamo passato tutta la notte insieme

soltanto durante il nostro fine settimana insieme a Firenze, e non vedo l'ora di ripetere l'esperienza.
«Perché non rimani a dormire qui?» propongo.
«Non aspettavo altro che questa richiesta» confessa.
Sì, essere sinceri l'uno con l'altra è davvero un'ottima idea. Ci alziamo a fatica dal divano abbandonando il tepore prodotto dai nostri corpi stretti sotto il plaid. Gli offro un asciugamano pulito e uno spazzolino da denti nuovo. Non credevo che vederlo girare per casa e compiere dei gesti quotidiani potesse essere tanto piacevole.
Esco dai miei abiti e infilo un baby doll confidando nel fatto che Fabrizio mi scalderà con il suo corpo. Quando riemerge dal bagno, ha addosso soltanto i boxer.
«Non hai più sonno?» lo prendo in giro tenendo gli occhi puntati sul rigonfiamento che l'intimo non riesce a nascondere.
«Colpa tua» mi rimprovera schiaffeggiandomi una natica. Lo prendo come un invito e lo bacio.
«Mmm» mugola nella mia bocca. «Piccola, sai di aver bisogno di dormire.»
«Domani è domenica, possiamo restare a letto fino a tardi.»
«Ho altri progetti per domani mattina» afferma.
«Ah sì? Perché non mi mostri quali?» lo tento strofinando il palmo della mano sulla sua erezione.
«Fila a letto, o ti sculaccio di nuovo!» esclama combattuto tra il desiderio di farmi riposare e quello di possedermi.

Desisto e mi infilo sotto le coperte, ma quando si posiziona a cucchiaio dietro di me non resisto e sfrego le natiche contro il suo membro che sento ingrossarsi ancora di più.
«Se non la finisci vado a dormire sul divano» mi rimprovera.
«Okay» cedo. «Domani.»
«Domani» conferma Fabrizio. «Piccola?»
«Sì?»
«Ti amo» dice baciandomi un orecchio.
«Ti amo anch'io» rispondo prima di addormentarmi tra le sue braccia.

Capitolo XIII

Mi sveglia un rumore di stoviglie che proviene dalla cucina. Fabrizio non è più accanto a me, ma il letto è impregnato dell'odore della sua pelle. Affondo la faccia nel cuscino su cui ha dormito e inspiro, inebriandomi del suo profumo. Lui sceglie proprio quel momento per tornare in camera, cogliendomi sul fatto.
«Cosa stai facendo?» domanda ridendo. Io arrossisco.
«Hai un buon odore» mi giustifico. I suoi occhi scuri si fanno neri come l'onice, mentre sale sul letto. Mi raggiunge e sussurra: «Forse da vicino lo senti meglio.»
Siamo in ginocchio, l'uno di fronte all'altra e io inizio a mordicchiargli il lobo di un orecchio accarezzandogli la nuca e riempendomi i polmoni della sua essenza. Lui mi afferra le natiche e mi stringe a sé. Il suo membro, già duro come il marmo, mi preme contro la pancia e avverto una vibrazione tra le cosce.
«Siamo belli svegli, eh?» mormoro.
«Qualcuno ha attirato la nostra attenzione» risponde accarezzandomi la schiena attraverso il tessuto del baby doll.
Infilo le mani nei suoi boxer e glieli abbasso. Come sempre, quando vedo la sua erezione puntare dritta verso di me, provo il desiderio irresistibile di prenderla in bocca. Mi abbasso e non appena Fabrizio capisce cosa voglio fare, il suo pene ha un tremito.

Comincio a leccarlo lentamente, dalla base dell'asta alla punta e quando lo accolgo tra le labbra, gli sfugge un gemito. Con una mano mi puntello sul materasso, ma con quella libera gli titillo i capezzoli, senza smettere di succhiare e leccare la sua virilità. Dopo poco però appoggia le mani sulle mie spalle nel tentativo di allontanarmi. Alzo gli occhi verso i suoi per chiedere spiegazioni.
«Se non ti fermi, finisce subito» mormora. Lo lascio andare un po' controvoglia.
Mi fa stendere e mi libera degli slip. «Oh Dio, piccola, guardati!» esclama vedendo quanto sono eccitata. «Sei stupenda» aggiunge togliendosi i boxer che gli avevo lasciato a metà coscia.
A quel punto però si ferma, e quando lo guardo mi accorgo che la sua espressione è smarrita. «Cosa devo fare?» mi chiede. Ma io, che aspetto solo di sentirlo dentro di me, non capisco a cosa si riferisca. «Lo devo mettere?» domanda.
Il preservativo. Ho dimenticato che soltanto ieri l'ho obbligato a indossarlo. «Non c'è stata nessuna dopo Barbara, se tu non hai smesso di prendere la pillola…»
Odio questa conversazione che interrompe il nostro primo rapporto da coppia ufficiale. Avremmo dovuto sostenerla in un altro momento, ma l'eccitazione ci ha travolto e non ce ne ha lasciato il tempo.
«Non fermarti» gli dico attirandolo sopra di me. Posiziona il suo membro sulla mia fessura umida e

pronta ad accoglierlo. «Posso?» chiede piegando la bocca in quel suo sorriso a cui mi sarebbe comunque impossibile rispondere di no. Faccio un cenno di assenso e lui entra dentro di me, ma questa volta è lento e misurato, affonda centimetro dopo centimetro, come se volesse assaporare ogni secondo. Sono costretta a chiudere gli occhi e a smettere di guardarlo per un istante, perché la sua bellezza, mentre gode stretto tra le pieghe più segrete della mia carne, diventa quasi accecante. Dopo una spinta a fondo mi priva della sua presenza per girarsi sulla schiena e portarmi sopra di lui. Ora sono io a imprimere velocità a suoi colpi e lo cavalco fino a raggiungere l'orgasmo. Mi sembra che il mio corpo si stia sciogliendo nel suo, fino a fonderci in uno solo. Fabrizio mi permette di godermi ogni contrazione, poi mi guarda negli occhi e mi chiede: «Vuoi finire quello che hai iniziato?»
«Oh si» accetto, «vieni qui...»
Riprendiamo la posizione iniziale e quando lo prendo di nuovo in bocca, sento il sapore salato della mia eccitazione mescolato al suo. Lo succhio voracemente, ma lui e già al limite e dopo poco sento un fiotto caldo, di cui assaporo ogni goccia, scendermi in gola. Ci stendiamo e restiamo abbracciati per un po'. «Volevo prepararti la colazione, ma ti sei svegliata» mi sussurra poi Fabrizio.
«Potremmo anche fare colazione fuori» suggerisco io.

«Allora alziamoci, perché con te mezza nuda al mio fianco la fame che provo è di un altro tipo» afferma tirando un lembo del baby doll che ho ancora addosso.
«Mmm, okay» dico carezzandogli la barba.
Mi bacia, e non è il bacio fuggevole di un amante che deve tornare alla sua vita, è un bacio profondo che racchiude una promessa. «Abbiamo un buon sapore insieme» conclude dopo aver esplorato ogni centimetro della mia bocca, poi si alza e scompare dietro la porta del bagno.
Adesso il mio letto non è più impregnato soltanto del suo odore, ma profuma anche dell'amore che proviamo l'una per l'altro.

Bologna, marzo 2016

«Non mi rimproverare» dico a Nicoletta raccontandole la novità.
«E perché mai dovrei rimproverarti, ma petite?» chiede.
«Perché sono solo poche settimane che ci siamo ritrovati» spiego.
«Lungi da me giudicare le persone dal tempo che impiegano a decidere di convivere» afferma.
La guardo un po' perplessa e Nicoletta ridacchia. «Anche se usiamo le parole 'Fabrizio viene a vivere da me', come hai detto tu, il significato non cambia eh...»
«Lo so, e in realtà è un sogno che si avvera. Ma appunto perché ora è reale, mi fa un po' paura» confesso.

«Tu hai paura che Fabrizio si trasformi in Davide» insinua la mia amica, «ma anche se questo dovesse accadere, stavolta non sei sposata, sarebbe molto più semplice. Gli prepari le valigie, le metti davanti alla porta, è stato bello ciao.»
Scoppio a ridere. «Non vorrei essere il tuo prossimo fidanzato.»
«Sì, be', tranquilla Viv, neanche tu sei il mio tipo. Bella sei bella eh, niente da obiettare, però ti manca... Come dire... Il pezzo forte!»
«Quanto sei scema!» esclamo.
«Sai che scoperta» continua ridendo. «Comunque ricordati che domani sera vi aspetto a cena a casa mia. È bene che sappia subito cosa lo aspetta, se vuole stare con te, io faccio parte del pacchetto.»
«Non che Fabrizio sia uno che si spaventa facilmente, ma per favore, evitiamo di farlo scappare ora che le cose stanno andando per il verso giusto?»
«Ma petite, ti sembro forse una che spaventa gli uomini?» domanda in tono ironico.
«Certo che no Miss è stato bello ciao, perché mai?» rispondo.
La mia socia ride, poi aggiunge: «Ora smetti di importunarmi, lasciami lavorare che ho una composizione da terminare. E vedi di chiamare la signora Castelli!»
Mi batto il palmo della mano sulla fronte. «Hai ragione, se non le telefono quella sale sul treno e viene qui.»

Prendo l'iPhone dalla tasca del grembiule e seleziono il numero di mia madre.
«Ah, be', buongiorno signorina» è la prima cosa che mi dice.
«Ciao mamma.»
«Da quanti giorni non mi telefoni? Guarda un po' se è possibile, mi fai ripetere sempre le stesse cose, come gli anziani» protesta.
«Scusa mamma se ti ho trascurato, ma questa volta è per una buona ragione.»
«La buona ragione è bionda o bruna?» domanda. Anche se non posso vederla, sono sicura che stia sorridendo.
«Bruna, mamma.» Non sa niente della mia relazione con Fabrizio, nessuno lo sa, a parte Nicoletta, perciò le racconto di averlo conosciuto da poco e glisso sul fatto che sta lasciando l'appartamento del suo collega, che l'ha gentilmente ospitato, per venire a vivere con me. «Si è appena trasferito qui da Torino, ha un paio di anni più di me ed è un funzionario della Banca di Bologna.»
«Molto bene» afferma mia madre, «se questo è il motivo del tuo silenzio, per questa volta posso anche perdonarti.»
«Grazie, e ti prometto...»
«Lascia stare, Viviana, non promettere niente. Ormai ho capito che se voglio sentirti devo telefonarti io. Anzi no, aspetta, una cosa voglio che tu me la prometta...»
«Che cosa?» chiedo.
«Che farai tutto il possibile per essere felice.»

Mi viene il magone. Penso a lei, intrappolata nel matrimonio con mio padre, ma troppo legata ai valori che le hanno insegnato fin da piccola per spezzare le catene che le impediscono di prendere il volo.
«Sì, mamma» prometto con la voce rotta dalle lacrime che cerco di trattenere.
«Ciao amore, ci sentiamo presto.» Mi congeda in fretta, probabilmente perché viene da piangere anche a lei.
«Tutto a posto?» domanda Nicoletta mentre mi asciugo gli occhi con un angolo del grembiule. «Si può sapere perché piangi, adesso?»
«Mia madre mi ha detto una frase che mi ha commosso» spiego.
«Ma petite» sbuffa, «io capisco l'animo romantico, ma qui bisogna fare qualcosa. Sei più tenera dei tuoi panetti di burro!»
Ridacchio. «Anche nei momenti più impensati, riesci sempre a strapparmi un sorriso.»
«Eh cara Viviana, da grandi poteri derivano grandi responsabilità. Farti sorridere è la mia missione» declama prima di tornare al suo lavoro.

Capitolo XIV

Sono da sola in negozio perché Nicoletta è uscita alle diciassette per mantenere la parola data alla signora Bellini e consegnarle il conto di persona. Avremmo dovuto andarci entrambe, ma pensando a Fabrizio ho bruciato due volte la base per la Torta fiocco di neve e sono in ritardo sulla tabella di marcia. A quest'ora avrebbe dovuto essere già pronta e farcita, in modo che domani potessi dedicarmi soltanto alla decorazione, invece il mio terzo tentativo è ancora nel forno. Sento vibrare il telefono, ma quando infilo la mano nella tasca del grembiule non lo trovo. Rammento di averlo posato sul bancone mentre parlavo con la mia socia.
Lupus in fabula.
"A che ora torni? Non so quanto posso aspettare ancora."
Un messaggio di Fabrizio, ed è il più bello che io abbia mai ricevuto, perché mi ricorda che, quando stasera rientrerò a casa, lo troverò ad aspettarmi.
Il rumore della porta che si apre rompe il silenzio che mi circonda.
«Ciao» saluta una voce che avevo quasi dimenticato.
«Alessio?» chiedo stupita dalla sua presenza.
«Passavo di qui per caso» spiega, «ho gettato un occhio dentro questo negozio e ti ho vista, così sono entrato.»
«Hai fatto bene» affermo raggiungendolo e dandogli due rapidi baci sulle guance.
«Lavori qui?» domanda guardandosi intorno.

«Sì» rispondo, «be', in realtà l'attività è mia e di Nicoletta, la mia amica, te la ricordi?»
«La mora simpatica, sì, me la ricordo» conferma. «Cavolo, quindi sei un'imprenditrice.»
Annuisco, poi gli racconto in breve di cosa ci occupiamo. Non mi interrompe, ma è evidente che vorrebbe parlare d'altro.
«Non mi hai mai chiamato» afferma appena smetto di parlare. «Devo confessarti che un po' ci speravo.»
«Scusami» dico sinceramente dispiaciuta, «il mio comportamento ambiguo di quella sera ti avrà fatto pensare che io fossi disponibile, ma in realtà non è così.»
«Per qualche istante mi era sembrato di percepire una vibrazione tra noi.» *Sì, per la durata del ritornello di una canzone.* «Mi sono sbagliato?» chiede.
«No» confermo, «ma mi sono resa conto subito che non era il caso di superare il confine.»
«Il tuo cuore appartiene già a qualcuno, non è vero?»
«Sì, è così» confesso.
«Dimmi soltanto che non è quel ragazzino ubriacone.»
«No, assolutamente no. Matteo è acqua passata.»
«Mi dispiace non avere avuto una possibilità con te» sussurra accarezzandomi una guancia.
La porta si spalanca in quell'istante ed entra Fabrizio. «Non ce la facevo più ad aspettare e così...» comincia a dire, ma vede la mano di Alessio che sfiora la mia pelle. Si blocca per un istante, poi avanza verso di noi come una furia.

«Cosa cazzo sta succedendo qui?» urla.
«Niente» rispondo, perché è la verità, ma capisco benissimo cosa sembri quella carezza ai suoi occhi. «Lui è un amico mio e di Nicoletta» mi giustifico.
L'avvocato prova anche a tendergli la mano. «Piacere, Alessio Grementieri.»
«Fuori. Dai. Coglioni.» risponde Fabrizio. Sento un brivido lungo la schiena e temo che esploda una rissa, ma Alessio scoppia a ridere stemperando la tensione.
«Tranquillo amico, se le parti fossero invertite, e lei fosse mia, reagirei anche peggio di così, se pensassi di aver visto quello che in realtà non hai visto.»
«Che cazzo stai dicendo?» domanda il mio ragazzo con un tono solo leggermente più basso.
«Quello che Alessio sta cercando di dire» intervengo in suo aiuto, «è che quella carezza era solo un gesto di affetto.»
«Quindi non neghi che ti stesse toccando!» urla Fabrizio.
«È stata una mia iniziativa» mi difende l'avvocato, «e, anche se tu non ci avessi interrotti, Viviana non avrebbe ricambiato. Mi stava giusto dicendo quanto sia innamorata di te.»
Gli lancio uno sguardo colmo di gratitudine. Fabrizio rimane in silenzio per un attimo, poi si volta verso di me.
«Tu... Che cosa gli stavi dicendo?» domanda incerto.
Non ho il tempo di rispondere perché è di nuovo Alessio a parlare.

«Bene» riprende, «ora che ti sei un po' calmato io tolgo il disturbo. Qualcosa mi dice che voi due dovete chiarirvi.»
«È decisamente meglio che tu vada» tuona Fabrizio.
«Comunque puoi chiamarmi quando vuoi» precisa l'avvocato uscendo, incurante del pericolo che corre.
«Adesso mi dici chi è quello stronzo» ordina il mio ragazzo.
«Te l'ho detto, è un amico.»
«Eh, un amico, ti ricordo che presentavi anche il sottoscritto come *un amico*» insinua.
So che è arrabbiato, e io mi sono presa un bello spavento, ma mi viene da ridere.
«Spiegami bene... Secondo te, io ho passato tre anni a pensarti, e adesso che finalmente stiamo insieme, la prima cosa che ti viene in mente è che io possa tradirti?»
«Be', tuo marito l'hai tradito.»
Sto zitta e stringo i denti, ma desidero scagliargli contro un 'fulmine di Pegasus.' «Pezzo di cretino» urlo, «sai quanti uomini ho avuto nella mia vita? Lo sai?»
Fabrizio mi guarda attonito e fa segno di no con la testa.
«Le vedi queste dita?» chiedo mostrandogli una mano. «Le vedi? Sappi che li puoi contare sulle dita di una mano e ne avanzi pure.»
«Viviana, non volevo darti della...»
«Fermati prima di fare la rima» lo interrompo. «È vero, ho tradito Davide, ma l'ho tradito con te, perché ti amavo! Solo perché eri tu! E tu, non hai forse fatto lo stesso con Barbara?»

«Sì» conferma, «ma anche io l'ho fatto solo per amore.»
«E allora perché cazzo stiamo litigando!» grido.
«Perché siamo due idioti gelosi e innamorati?» azzarda Fabrizio.
Mi fermo un attimo a guardarlo e scopro che mi piacciono persino le rughe che gli compaiono sul viso quando si arrabbia. «Allora baciami, idiota!»
Lui accetta il mio suggerimento e mi bacia, con tanta dolcezza da farmi sentire al sicuro, ma con abbastanza passione da incendiare i miei sensi. Lo stringo forte tra le braccia perché stare con lui è così bello che a volte ho ancora paura che sia soltanto un sogno.

Ero stata incerta se spiegare o no a Fabrizio come avevo conosciuto Alessio, perché mi avrebbe costretto a dirgli di Matteo. Alla fine però, cominciare, (o ricominciare?), una relazione nascondendogli le cose non mi era sembrata una buona soluzione, così quella sera gli avevo raccontato tutto.
Stiamo andando a cena dalla mia socia, quando mi chiede: «Ma Matteo, lo amavi?»
Io inciampo in un tombino ed è costretto a sostenermi per evitarmi una caduta.
«E questa come ti è venuta?» domando invece di rispondere, ma mi rendo conto che la sua richiesta è sensata.
«Lo so, ora tu mi dirai che hai sempre amato me, ma sei stata con lui, e mi dà fastidio.»

Se sapessi che gli avevo anche dato le chiavi che ora hai tu, penso, guardandomi bene dal dirglielo.
«Forse avrei preferito che avessi scopato in giro» continua, «invece hai avuto una relazione duratura.»
Con tutti gli anni di matrimonio che ho alle spalle, fatico a definire una manciata di mesi *una relazione duratura,* ma capisco cosa intende.
Sospiro. «Non posso cambiare quello che è stato» spiego, «ma ti posso assicurare che l'amore è un'altra cosa, ed è quello che provo per te, non quello che provavo per lui.»
Riprendiamo a camminare verso casa di Nicoletta e, quando arriviamo sotto al portone, mi attira a sé e mi bacia. È un bacio dolce ma profondo, le nostre lingue danzano allo stesso ritmo mentre le sue mani mi accarezzano la schiena. «Mi ami?» chiede staccandosi da me e lasciandomi senza fiato.
«Più di quanto immagini» rispondo, e mi viene da sorridere, perché negli ultimi due giorni ho dovuto rassicurare quest'uomo sui miei sentimenti, quando per anni ho pensato che non gli importasse niente di me.
«Ehi, piccioncini» sentiamo all'improvviso. Alzo lo sguardo e vedo la mia amica che ci osserva dalla finestra.
«Nico» domando, «da quanto sei lì?»
«Da un tempo sufficiente per capire che te lo sei scelta passionale, ma petite.»
Per fortuna lui sorride, perché ho la sensazione che questo sia solo un assaggio della serata che ci aspetta. «Dai, facci salire, guardona» apostrofo la mia amica.

Nicoletta ridacchia, poi scompare alla vista e sentiamo il clic del portone che si apre.
Una volta nell'atrio premo il pulsante dell'ascensore le cui porte si aprono subito perché è già al piano terra.
«Non andiamo a piedi?» chiede Fabrizio.
«Abita al quinto piano» rispondo.
«Peccato» replica lui, «mi piace guardare il tuo sedere mentre sali le scale.» Gli sorrido, pizzico il suo di sedere e lo invito a entrare.
«Bene, bene» dice appena arriviamo Nicoletta, che ci aspetta di fronte all'ascensore appostata come un falco. Poi la vedo osservare Fabrizio con attenzione. Non che la mia amica sia un tipo discreto, ma fissare qualcuno in questo modo non è comunque sua abitudine.
«Ah, questa è bella!» esclama dopo avergli fatto la radiografia. La guardo perplessa ma lei non mi dà spiegazioni e tende la mano al mio ragazzo.
«Piacere, Nicoletta» si presenta, «non mi conosci, ma ci siamo già visti.»
«Davvero?» chiede ricambiando la stretta. «Non me lo ricordo, comunque sono Fabrizio.»
Io non capisco. «Venite ragazzi, avanti» ci fa strada la mia amica. Ci mette a nostro agio con un aperitivo e, finalmente, ci dà una spiegazione.
«Ma petite, ti ricordi quella sera in birreria» comincia, e io prego che non nomini Alessio, dal momento che proprio ieri abbiamo litigato a causa sua. Mi limito ad annuire. «Ti ricordi che quando siamo uscite ti ho detto che era un

peccato che ce ne stessimo andando perché era entrato uno che era proprio il tuo tipo?» Annuisco di nuovo. «Era lui» afferma indicando Fabrizio e scoppiando a ridere.
«All'Amadeus?» domanda il mio ragazzo.
«Sì, eravamo lì» rispondo io, perché a Nicoletta la ridarella sembra non voler passare.
«Ci sono andato qualche volta con il mio collega» conferma lui, «ma forse è un bene che non ci siamo incontrati lì, o non sarei riuscito a realizzare il mio piano.»
È un bene perché, visto la tua reazione di ieri, l'avvocato che ci provava con me probabilmente lo avresti ucciso, penso.
«Comunque ci avevo preso sul fatto che fosse il tuo tipo» aggiunge Nico ridendo ancora.
«Comincio a capire perché siete amiche» afferma lui. Lo incenerisco con lo sguardo, ma essendo io tenera come un panetto di burro, lo spavento così tanto che aggiunge: «Siete entrambe scentrate!»
«Il ragazzo è spiritoso» osserva Nicoletta, «mi piace.»
«Ero sotto esame?» si informa Fabrizio.
«No, certo che no» lo rassicuro io. Ma la mia amica mi smentisce all'istante.
«Certo che sì invece» precisa lei.
«E l'ho superato con la mia spiritosaggine?» chiede.
«Ti piacerebbe che bastasse così poco. Lo saprai soltanto alla fine della serata» precisa, poi però si gira verso di me e mi fa l'occhiolino, e io capisco che è già stato promosso.

Capitolo XV

Bologna, maggio 2016

Sapevo che mia madre avrebbe voluto conoscerlo presto, ma non credevo così presto. È passato poco più di un mese da quando le ho raccontato di lui, tenendola sempre aggiornata, ma un giorno mi chiama e sgancia una bomba.
«Pronto?» rispondo allo squillare del telefono, già sapendo che si tratta di mia madre perché le ho assegnato la suoneria della Famiglia Addams.
«Buongiorno amore, tutto bene?» mi chiede con voce allegra e cristallina.
«Sì, mamma, io sto bene, e tu? Ti sento in forma questa mattina.»
«Certo che lo sono, ho appena acquistato il biglietto del treno per venire da te.»
«Come?» domando allarmata, nella vana speranza di aver capito male.
«Dopodomani arrivo, e riparto domenica sera.»
Prendo un respiro profondo prima di parlare. C'è una cosa su cui non l'ho aggiornata, ed è il fatto che Fabrizio si è trasferito da me. Piuttosto difficile nasconderglielo dal momento che alloggia nel mio appartamento quando scende.
«Mamma, sono felice che tu venga a trovarmi, ma potevi avvisarmi un po' prima, in modo che potessi

organizzarmi. Lo sai che il sabato mattina il negozio è aperto. Non posso venire a prenderti in stazione. A che ora arrivi?»
«Arrivo a Bologna alle nove e quarantadue, viaggerò con il Frecciargento. Be', stavo pensando che potresti mandare il tuo ragazzo... mica lavorerà anche lui il sabato mattina.»
Quella vecchia volpe di Vilma Tosi. Non si è dimenticata che il Cakes & Flowers è aperto, l'ha fatto apposta perché le mandassi Fabrizio come chauffeur. Non sapendo che lo avrebbe trovato a casa mia, e temendo che non glielo presentassi, ha fatto in modo di costringermi a farlo.
«Questo sabato credo che non lavori, in effetti» le rispondo. «Stasera gliene parlo e poi ti mando un sms.»
«Molto bene amore, non vedo l'ora di passare un po' di tempo con te e con quella matta della tua amica, e poi voglio sapere tutto di lui, sono certa che al telefono non mi hai raccontato proprio ogni cosa.»
Non ti ho raccontato una marea di cose, mamma! «Sarà fatto, adesso avviso Nico che vieni a trovarci, e poi stasera ti faccio sapere se Fabrizio può venire a prenderti.»
«Perfetto, allora ci sentiamo più tardi. Ah, papà ti saluta.»
«Grazie, ricambia. A dopo.»
Probabilmente mio padre ha detto soltanto «Sei al telefono con tua figlia?», ma la mamma cerca ancora di appianare le divergenze tra noi, anche se temo che non ci sia ponte levatoio sufficiente a farci riavvicinare, dal

momento che la distanza che si è creata quando me ne sono andata non è più un fossato, ma un abisso.
«Nico» grido dopo aver messo giù, nel tentativo di sovrastare il metal che quella pazza scatenata ascolta a tutto volume mentre crea. Non mi raggiunge e non mi insulta, perciò deduco che non mi abbia sentito. Esco dalla cucina chiamandola ripetutamente, e alla fine faccio l'unica cosa con cui sono sicura di attirare la sua attenzione. Spengo la musica.
«Perché cazzo hai spento?» brontola girandosi verso di me. «Ti ho chiamata venti volte, ma non sentivi» mi giustifico.
«Avresti potuto venire da questa parte del bancone, oppure abbassare leggermente. Come sei drastica, ma petite. Comunque, che succede di così urgente da zittire i Megadeth?»
«Viene a trovarmi mia madre» mormoro.
«Davvero? E non sei contenta?» chiede. Poi mi guarda e scoppia a ridere. «Non gliel'hai detto, vero?»
Faccio cenno di no con la testa. «Lei pensa che lo abbia conosciuto da poco, mi prenderà per matta quando vedrà che viviamo insieme.»
«Quando arriva?»
«Sabato.»
«Sabato dopodomani?» domanda con la voce che si è alzata di un tono.
«Sì» rispondo, «se l'è studiata per bene, viene in treno in modo che qualcuno debba andare a prenderla e, dato che

noi siamo qui, quel qualcuno aveva già deciso che sarebbe stato Fabrizio.»
«Tua madre è un genio!» sentenzia la mia amica.
«Be', da qualcuno avrò pur preso» replico.
«Tu?» ridacchia. «Ne devi mangiare di pappa, e di torte decorate con la pasta di zucchero, per diventare come la signora Castelli!»
«Seriamente, non ho idea di come la prenderà lui.»
«Certo che hai una relazione proprio strana. Vi conoscete da molti anni, ma eravate lontani, e non solo in termini di chilometri, ma anche perché non vi siete mai concessi di conoscervi veramente, però questo non vi ha impedito di innamorarvi comunque. E ora state insieme, vivete insieme, ma ancora non vi conoscete davvero.»
«Certo che quando vuoi sai essere molto profonda e centrare perfettamente il punto eh?» sospiro.
Nicoletta dà un'alzata di spalle, come a dire *Cosa ci posso fare se non sbaglio mai?*, poi lancia un'occhiata all'orologio sulla parete. «Ancora un'oretta e poi potrai chiedergli cosa ne pensa.»
La mia amica ha ragione. Quando apro la porta di casa mi trovo davanti al mio sogno, ma poiché ora è reale, con la realtà deve fare i conti.

«Mi stai dicendo che tra due giorni arriva tua madre, che non ho mai visto, e che io dovrei andare a prenderla in stazione?» chiede Fabrizio, bloccandosi con una forchettata di insalata a mezz'aria.

«Io non posso proprio andare perché ho appuntamento con un cliente per definire un ordine sostanzioso. Però, se non te la senti, posso chiederlo a Nicoletta…»
«Non è che non me la senta, ma mi chiedo, cosa aspettavi a dirmelo?»
«Veramente mia madre me lo ha comunicato solo oggi pomeriggio.»
Gli scappa una risatina. «Deve avere un bel caratterino anche tua madre» dice portandosi la posata alla bocca.
Io gli do un pugno scherzoso su un braccio. «Non si parla con la bocca piena» lo rimprovero.
«Ecco, appunto, caratterino. Come volevasi dimostrare» sottolinea.
«Il vero problema non è chi va a prenderla» riprendo seria, «è che io non…»
«Non le hai detto che viviamo insieme. Lo immaginavo.»
«Scusami, non che voglia nasconderti, anzi, vorrei gridare il mio amore per te a tutto il mondo, ma temo che mi prenda per pazza dato che pensa che ti conosca da poco.»
«Non ti devi giustificare, anche io ho parlato di te a mia madre ma senza raccontarle di essermi trasferito a casa tua.» Tiro un sospiro di sollievo, e non in senso metaforico.
«Se non glielo vuoi dire» riprende, «sono sicuro di poter tornare da Luigi per qualche giorno.»

«Non ci pensare nemmeno!» esclamo, alzando la voce. «Tu da questa casa non te ne vai né per tre giorni, né per finta, a costo che mia madre decida di farmi internare.»
«Sono in trappola?» mi chiede ridendo.
«Oh sì» rispondo. «Non sai in che guaio ti sei cacciato.»
Mi alzo dalla sedia e Fabrizio, capendo subito le mie intenzioni, sposta il piatto e si allontana dal tavolo. Mi siedo sulle sue ginocchia e lo abbraccio. «Non intendo lasciarti andare» sussurro infilando la testa nell'incavo della sua spalla e inspirando il suo odore.
«Non voglio andare da nessuna parte. Il mio posto è con te.»
Gli poso un bacio leggero su una tempia. «Non hai mai nostalgia di casa?» domando.
«Se intendi della mia città, sì, qualche volta» risponde. Poi mi mette due dita sotto al mento e mi solleva il viso in modo che lo guardi negli occhi. «Ma non posso avere nostalgia di casa» aggiunge, «perché casa mia, è dove ci sei tu.»

Capitolo XVI

«Come mai tua madre viene da sola?» chiede Fabrizio, infilandosi i pantaloni.
Non gli rispondo subito, perché sono distratta dal movimento che compiono le sue dita allacciando i bottoni dei jeans e facendo scomparire alla mia vista l'attaccatura dei muscoli e quei riccioli neri in cui vorrei tuffare il viso anche adesso. «Viv?» mi richiama.
In questo momento realizzo che abbiamo rimandato il discorso così tante volte, che ancora non lo abbiamo fatto.
«È per come stanno le cose tra te e tuo padre?» domanda prendendo posto accanto a me sul letto.
Do uno sguardo all'orologio e penso che, se non mi perdo nei dettagli, ho il tempo di fargli capire quello che è successo.
«Quando ho lasciato Davide» comincio, «non avevo altro posto dove andare se non la mia vecchia casa. Non sono stata accolta come il figliol prodigo però, non da mio padre.» Fabrizio annuisce, invitandomi a continuare. «La mamma era dispiaciuta, anche perché dopo tanti anni era sinceramente affezionata a mio marito, ma papà era più che dispiaciuto, era infuriato.»
«Per Davide?»
«Sì e no. Era preoccupato di quello che avrebbe pensato la gente e di quello che avrebbero detto di me...»
«La gente» mi interrompe Fabrizio scuotendo la testa. «Non capisco le persone che vivono preoccupandosi di

quello che pensano gli altri. Quando si è in pace con la propria coscienza, di cosa cazzo ci si deve preoccupare?»
«Anche io la penso in questo modo» preciso, «ma Amedeo Castelli è proprio il tipo di persona che vive così. Ma era ancora più arrabbiato perché lasciavo il lavoro di impiegata in banca, lavoro che lui mi aveva fatto avere, nella speranza che seguissi le sue orme.»
«L'ho capito subito, quando ci siamo conosciuti, che quello non era il tuo posto. Sembravi un leone in gabbia.»
«Mio padre invece, non l'ha mai compreso. O forse non gli importava. Quando mi ha chiesto perché stavo buttando la mia vita nello scarico e che cosa volessi realmente, io sono stata sincera» continuo.
«Gli hai spiegato che non ti sentivi amata né realizzata?» chiede Fabrizio.
«Peggio» confesso. «Gli ho detto che quello che desideravo era essere felice.»
Sul suo viso si dipinge una smorfia. «Non è il tipo di discorso che una persona del genere possa capire» afferma.
«Infatti mi ha riso in faccia» concludo.
«Amore» dice stringendomi in un rapido abbraccio prima di alzarsi e infilarsi una maglietta. «Ora devo uscire perché ho promesso a Luigi di passare da lui prima di andare a prendere la tua signora madre, ma ti prometto che ne riparliamo.»
«Non c'è altro da dire, in realtà. Lui è così, io sono così, nessuno dei due cambierà ormai.»

«Sappi che io sono orgoglioso di te, perché anche le tue scelte, non solo le mie, ci hanno portato a essere qui insieme in questo momento.»
«Ti amo» gli dico mentre sta uscendo dalla camera. Si gira e mi sorride, e io penso che sia il sorriso più bello del mondo.
«Ti amo anche io» mi risponde. Poi afferra le chiavi ed esce.

Sono in ansia all'idea che la mamma incontri il mio ragazzo senza di me. *Il mio ragazzo, certo che suona bene. Molto meglio di quando ero costretta a dire il mio amante. Anzi, a pensarlo, perché non potevo dirlo a nessuno.* Non sto prestando attenzione al presidente di una squadra di calcio juniores mentre mi spiega come vuole che sia allestita la festa per la vittoria del campionato. Nicoletta però si accorge della mia difficoltà e corre in mio soccorso.
«Viviana, sono quasi le dieci, non devi fare quella telefonata?» chiede interrompendo il blaterare del tizio.
«Oh, hai ragione» rispondo lanciandole uno sguardo pieno di gratitudine. «La signorina Vescovi le illustrerà le altre possibilità» aggiungo prima di congedarmi.
Esco dal negozio, recupero l'iPhone dalla tasca del grembiule e seleziono il numero di mia madre.
«Pronto?» risponde con voce affannata.
«Mamma, dove sei?»

«Sono qui che cerco di riemergere dai meandri di questa stazione.»
«Immagino che l'ultima volta che l'hai vista, la stazione di Bologna non fosse così.»
«Decisamente no» conferma, «pare di stare alla NASA adesso.»
Ridacchio. «Viviana Castelli, non ridere di tua madre eh.»
«No, no. Non mi permetterei mai» affermo sghignazzando. «Quando sarai emersa dalle catacombe, troverai Fabrizio ad aspettarti. Ti mando il suo numero su WhatsApp, così se non vi vedete, gli telefoni. Nel caso non abbia trovato parcheggio, cerca una Opel Insigna grigia.»
«Okay amore, comunque vedo la luce» mi dice prima di riattaccare.
Appena riattacca, telefono a lui. «Ehi» risponde. «Sono nell'atrio ma non la vedo.»
«Arriverà presto» gli spiego, «è scesa a uno dei binari nuovi e si è un po' persa.»
«Aspetta, si sta avvicinando una bella signora, credo sia lei. A dopo.»
«Ti conviene che sia lei, se la definisci bella!» lo minaccio prima di chiudere la telefonata.
Rientro e vedo che Nicoletta se la sta cavando benissimo, perciò decido di lasciare che se la sbrighi da sola e di intervenire soltanto nel caso in cui il presidente desideri conoscere dettagli culinari. Vado in cucina e addento un pezzo di cioccolato fondente. Quando la mia amica mi

chiama perché saluti il cliente prima che se ne vada, sto per addentarne un altro. *Salvata in corner*, penso, e credo che sia la prima volta che uso una metafora calcistica in un contesto adatto.

«Signorina Castelli, la sua collega mi ha illustrato tutti i pacchetti tra cui scegliere» dice rivolto a me ma osservando languidamente Nicoletta. Mi scappa da ridere, ma mi trattengo. «Stasera ne parlerò con l'allenatore e con i ragazzi, e lunedì tornerò a trovarvi. Alle dieci va bene?» chiede alla mia amica come se si trattasse di un appuntamento galante.

«Benissimo» cinguetta lei.

«Allora a lunedì, belle ragazze» ci saluta prima di congedarsi.

«No, fammi capire» le chiedo appena è uscito, «hai flirtato con quel nonno?»

«Ma petite, ho fatto di necessità virtù! Temevo fosse infastidito dal cambio di interlocutore, così, quando ho notato che mi lanciava qualche sguardo languido, ho cavalcato l'onda» risponde.

«Sai quando di qualcuno si dice che 'saprebbe vendere ghiaccio agli eschimesi'? Credo che questa espressione sia stata coniata per te.»

«Mi stai facendo un complimento o mi stai rimproverando?»

«Potrei mai rimproverarti, ma petite?» replico facendole il verso.

«Certo che sei proprio stronza eh» afferma lanciandomi un pezzo di tulle rosa che però è troppo leggero e cade prima di raggiungermi. Stiamo battibeccando in questo modo quando mia madre e il mio ragazzo entrano al Cakes & Flowers.
«Amore mio!» esclama la mamma buttandomi le braccia al collo. Questo abbraccio è la sola cosa che mi manca della mia vecchia vita, lei è la sola cosa che mi manca. Non che abbia dovuto rinunciare al suo affetto andandomene, ma la lontananza c'è, e si fa sentire. Mi si inumidiscono gli occhi e, quando mi lascia andare, mi accorgo che la stessa cosa è successa anche a lei.
«Buongiorno signora Castelli» saluta Nicoletta.
«Oh, ti prego» dice mia madre abbracciando anche lei, «la signora Castelli era mia suocera! Non uso mai il cognome di mio marito, e comunque mi pare di averti già detto più volte di chiamarmi Vilma.»
«Signorsì, signora» scherza la mia amica ricambiando l'abbraccio.
«E così, vi siete conosciuti» dico guardando Fabrizio, e sento le gambe tremare per la tensione.
«Non avrei potuto non riconoscerla, siete i-den-ti-che» afferma il mio ragazzo.
«Nel senso che potremmo essere scambiate per sorelle, perché io sembro molto più giovane?» suggerisce la mamma.
«Certo che sì» conferma lui. *Se c'è una cosa in cui è bravo, è lusingare le donne.*

Veramente ci sono molte cose in cui è bravo, aggiunge il diavoletto sulla mia spalla quando lo sguardo mi cade sui bicipiti che tendono il tessuto della maglietta.

«Questo bel ragazzo mi ha detto che avete una sorpresa per me. Di cosa si tratta?» chiede poi mia madre.

Lancio uno sguardo rassegnato a Fabrizio, in un modo o nell'altro bisognava pur dirglielo.

«Su, andate pure» interviene Nicoletta ridacchiando. «*Il nonno* era l'unico appuntamento della mattina, qui me la vedo io e, se proprio qualcuno dovesse chiedere di te, ti telefono.»

«Il nonno? Quale nonno? Non dovevi vedere il presidente di una squadra di calcio per organizzare una festa?» domanda Fabrizio.

«Poi ti spiego» taglio corto, sorridendo.

«Oh, grazie Nicoletta, te li sequestro per qualche ora, però ceniamo tutti insieme, non è vero?» propone la mamma.

«Certo che sì» conferma la mia socia, «ho già prenotato in quel ristorante che l'altra volta le era piaciuto tanto.»

«Oh, grazie cara. Allora ragazzi, andiamo?» chiede mia madre con un'impazienza che mi fa pensare che sospetti qualcosa. Io e Fabrizio ci scambiamo un'occhiata di incoraggiamento e ci dirigiamo verso casa.

Capitolo XVII

Appena entriamo nell'appartamento, vedo gli occhi di mia madre saettare da una parte all'altra della stanza, forse in cerca di qualche indizio. Mi sento come quando le ho chiesto il permesso di dormire a casa di Davide per la prima volta. *Ma adesso hai trentacinque anni Viviana, non diciotto!* Forse, dal momento che avere l'approvazione di mio padre non sarà mai possibile, inconsciamente, desidero almeno la sua.
«Sbaglio, o c'è stato qualche cambiamento da quando sono stata qui l'ultima volta?» chiede.
L'unico cambiamento è la presenza di Fabrizio, non ho acquistato mobili nuovi né li ho spostati, quindi è evidente che abbia notato qualcosa. Le bottiglie di vino sulla credenza? Di vino io non ho mai capito niente, e mia madre lo sa.
«Prego, venga avanti e si metta comoda» la invita il mio ragazzo liberandola del trolley e portandolo nella camera degli ospiti. La mamma alza un sopracciglio, non perché Fabrizio si comporta come se fosse a casa sua, quanto perché, quando viene a trovarmi, dorme sempre con me nel letto matrimoniale. Se il vino non fosse stato sufficiente, ecco il suo indizio.
«Siediti» le dico. «Vuoi qualcosa da bere?»
«Un bicchiere d'acqua grazie. Perché ho l'impressione che tu mi debba dire qualcosa per cui è meglio che io sia seduta?»

«Niente di cui ti debba preoccupare mamma» rispondo offrendole l'acqua e sedendomi sul divano. Fabrizio si accomoda accanto a me e sorride, ma dalla sua espressione capisco che anche lui è un po' nervoso.
Mia madre prende una sedia e ci si siede a cavalcioni, come se fosse ancora una ragazzina. E un po' lo sembra, ci farei la firma per essere come lei quando avrò sessant'anni.
«Allora? Chi dei due mi dice qual è la sorpresa?» domanda.
«Fabrizio si è trasferito qui da me» dico tutto d'un fiato.
«Lo sapevo!» esclama la mamma con voce trionfante. Ero consapevole che fosse felice della mia relazione, non aveva mai fatto mistero di volermi vedere accanto a un uomo, ma non pensavo che avrebbe accolto la notizia con tanto entusiasmo.
«Mi fa piacere… che le faccia piacere» si incarta Fabrizio e, a dispetto dei suoi anni, sembra proprio un ragazzino innamorato.
«Avevo paura che ci criticassi, sostenendo che abbiamo fatto questo passo troppo presto» le confesso.
«Non mi hai mai dato motivo di pensare che tu non sappia quello che fai, e poi, non sono mica tuo padre» afferma rabbuiandosi un po'. «Ti ho sentita felice quando mi hai parlato di lui» continua, «il tipo di felicità che neanche aver realizzato il tuo sogno lavorativo ti aveva dato.»

«Hai ragione» confermo e intreccio le mie dita a quelle di Fabrizio, il cui sguardo si illumina.
«Molto bene» riprende mia madre, «però adesso voglio sapere qualcosa di più su di voi. Quando e come vi siete conosciuti?»
Merda!, realizzo in quell'istante che la sua visita inaspettata non ci ha lasciato il tempo di concordare una versione. «Te l'ho detto invece» balbetto, «lui si è trasferito a Bologna da poco e ci siamo conosciuti qui.» Non è certo un racconto dettagliato, ma almeno non sto proprio mentendo. Fabrizio, che nel frattempo ha ritrovato il suo aplomb, viene in mio soccorso.
«Ci siamo conosciuti in un locale in centro, l'Amadeus» spiega, «Viviana e Nicoletta erano uscite a bere una birra dopo una dura giornata di lavoro, e io mi trovavo lì con un collega.» In fondo, sarebbe potuta davvero andare così. «È stato un colpo di fulmine» continua, «quando ho visto sua figlia, mi sono sentito come se la conoscessi da sempre, anzi, come se la riconoscessi.» E questo è vero, perché è quello che ho provato la prima volta che l'ho visto e, se lo sta raccontando a mia madre, anche se questa è una storia inventata a suo uso e consumo, forse l'ha provato anche lui.
«A volte non è necessario conoscersi» lo interrompo, «basta riconoscersi.»
Vilma Tosi ha un sorriso così grande che, se non avesse le orecchie, farebbe il giro della testa, proprio come diceva a me da bambina.

«Tu non sei emiliano però» chiede a Fabrizio.
«No, signora, sono originario di Torino.»
«Ti sei spostato per motivi lavorativi?» si informa mia madre.
«Sì, avrei avuto una promozione soltanto se mi fossi trasferito qui.»
«Perciò hai lasciato tutto e sei partito, proprio come ha fatto Viviana.» Lui si limita a confermare. Non è ancora il momento di dirle tutto, e forse non lo sarà mai. Ma in fondo quello che io e lui eravamo un tempo non ha più importanza, la sola cosa che conta è ciò che possiamo essere adesso.

Dopo averle raccontato qualche altra verità mista a fantasia, e aver mangiato un piatto di pasta, la mamma ci chiede di fare una passeggiata. La accompagniamo in piazza del Nettuno a vedere la fontana, poi in piazza Maggiore e alla basilica di San Petronio dove, ogni volta che viene a Bologna, entra per recitare una preghiera.
«Viviana, avevi promesso di portami a visitare la torre degli Asinelli» mi ricorda.
«Okay» rispondo, «da qui saranno cinque minuti a piedi.»
«Lo so» replica, «ma questa volta voglio salire.»
«Mamma» protesto, «i gradini sono 498!»
«E allora? Hai fretta?» chiede.
Fabrizio ridacchia e io lo guardo male. «Sua figlia non ha molta resistenza.»

Quando si tratta di te ce l'ho, penso, ma evito di formulare il pensiero ad alta voce di fronte a mia madre. Ci incamminiamo verso piazza Ravegnana, acquistiamo tre biglietti e iniziamo la salita. A un terzo del percorso ho già la lingua penzoloni. Mia madre invece non sembra affatto stanca, e il mio ragazzo, mentre sale gli scalini, ha addirittura abbastanza fiato da raccontarle quali sono gli edifici più alti della città da cui proviene. Per fortuna dopo un po', raggiungiamo un gruppo di turisti tedeschi fermi a fare una pausa e, dato che la scala è molto stretta, siamo costretti a fermarci anche noi. Quando arriviamo in cima sono esausta. I muscoli delle gambe vanno a fuoco e sono senza fiato, ma appena mi affaccio dal terrazzo mi si mozza il respiro per altri motivi: non ricordavo quanto fosse splendida questa città dall'alto.
«È uno spettacolo straordinario» afferma mia madre.
«Lo è davvero» dice Fabrizio. Poi mi si avvicina e mi sussurra all'orecchio: «E sono felice di godere per la prima volta di questa vista accanto a te.» Mi prende per mano posandomi un bacio leggero sulle labbra. Con la coda dell'occhio vedo la mamma sorridere.
Osservo Bologna e penso che le devo tutto; qui ho aperto il mio negozio, ho incontrato un'amica fantastica e ritrovato il grande amore. Qui, i sogni si avverano.

Scendere dovrebbe essere più semplice che salire, ma io avverto dolori ovunque e finalmente anche mia madre

mostra qualche segno di fatica. Proprio mentre stiamo uscendo dalla torre mi telefona Nicoletta.
«Ma petite, dove siete?» domanda.
«Sotto la torre degli Asinelli» rispondo con il fiato corto.
«Minchia, che fiatone» non manca di notare la mia amica. «Jillian Michaels, Jillian Michaels... Sono la voce della tua coscienza» aggiunge ridendo.
«Fabrizio vuole che mi iscriva in palestra con lui, tu che mi alleni a casa... Ma lo volete capire o no che per me già alzarmi dal letto per sedermi sul divano è un workout completo?» protesto.
«Farò finta di non aver sentito. Ci vediamo al ristorante o vi raggiungo?»
«È ancora presto, pensavo di andare in quel bar qui vicino per un aperitivo. Puoi venire lì» le propongo.
«Al bar all'angolo? Okay, arrivo tra una mezz'ora.»
«Va benissimo» rispondo e la saluto.
«Nicoletta?» chiede Fabrizio.
«Sì, Nicoletta, che ormai è diventata la *tua* socia, e che insiste perché faccia un po' di sport.»
«Amore, ha ragione» interviene mia madre, «non per il tuo aspetto, sei sempre bellissima, ma per la tua salute!»
«Vedi?» si inserisce lui. «Le stesse cose che ti ripeto ogni giorno.»
«Adesso ci manca solo che anche tu ti coalizzi con loro contro di me» dico a mia madre, «e poi giochiamo a *tutti contro Viviana*.»

«Come sei tenera quando fai la vittima, sono costretto ad ammetterlo» dichiara Fabrizio.
Io scuoto la testa e mi avvio verso il bar. Quando arriva Nicoletta noi abbiamo già terminato le nostre consumazioni, ma la mia amica ci offre un altro giro. Scherzano sulla mia pigrizia e la mia avversione per la fatica fisica, io mi fingo offesa, ma in realtà mi diverto. Sono insieme alle tre persone che per me contano di più al mondo. Anche se solo con una ho un legame di sangue, sono loro la mia famiglia.

Capitolo XVIII

«Ho prenotato per le venti e trenta, direi che possiamo pagare il conto e incamminarci» propone Nicoletta.
«Incamminarci?» protesto io. «Ho fatto 498 scalini in salita e altrettanti in discesa e tu vorresti andare all'Osteria Bottega a piedi?»
Interviene Fabrizio: «Non ha torto, così possiamo bere un buon vino senza doverci preoccupare per le nostre patenti.» Mia madre mi guarda e ride.
«No, ragazzi, non ci siamo capiti, non è che lo sport che ci tenete tanto a farmi fare, lo debba fare tutto oggi!» esclamo. «Nico, sei venuta in auto?»
«Sì» conferma, «ma posso anche recuperarla più tardi.»
«Invece io direi che facciamo così, tu mi accompagni con l'auto a casa a recuperare la mia» le dico, «e voi due intanto vi incamminate verso il ristorante. Ci vediamo lì tra mezz'ora.»
Osservo gli occhi del mio ragazzo alla ricerca di un po' di agitazione all'idea di restare di nuovo da solo con mia madre, ma non ne trovo. Dopo che le abbiamo confessato che viviamo già insieme, è tornato il solito Fabrizio di sempre, sicuro di sé.
«Ma petite, certo che devi complicare sempre tutto, eh» sottolinea la mia amica.
«Complicare?» mi lamento. «Potrete bere il vostro vino e poi avrete anche l'autista, dovreste ringraziarmi. Ah, ingrati!»

Fingo di andarmene con un gesto plateale da sitcom americana, ma sto ridendo così tanto che mi fanno male gli addominali e, dopo pochi passi, sono costretta a fermarmi.
«È sempre così?» chiede mia madre. Fabrizio e Nicoletta annuiscono in coppia. «Allora con l'età è notevolmente peggiorata» aggiunge facendoci ridere ancora di più.
Alla fine io e la mia amica riusciamo a tornare serie quel tanto che basta per arrivare al parcheggio senza fermarci ogni dieci passi a sganasciare. La costringo a eseguire il mio piano, perciò recuperiamo la mia Fiesta e ci dirigiamo separatamente all'Osteria Bottega. Quando arriviamo, Fabrizio e la mamma sono già davanti all'ingresso ad aspettarci.
«Visto?» dice mia madre. «Ci abbiamo impiegato meno tempo di voi.»
«Be', noi non abbiamo trovato traffico» mi difende il mio ragazzo.
«Ma tu da che parte stai?» gli chiede mia madre ridendo. «Non è che si possa cambiare squadra a metà del gioco.»
«Sa com'è, Vilma» interviene Nicoletta, «lei domani torna a casa, ma il ragazzone qui, con Viviana ci deve vivere.»
«Entriamo allegra combriccola» propongo io, «ho una fame da lupi e il mio stomaco ha già dimenticato le patatine sgranocchiate con l'aperitivo.»
Scopro che la mia amica ha chiesto espressamente il tavolo accanto alla finestra, che tanto era piaciuto a mia madre l'ultima volta. Si è anche già accordata per il

menu, sempre seguendo i suoi gusti. Casinara, un po' cinica e disordinata, è anche un tesoro prezioso. Ero carica di sogni e di speranze quando sono arrivata qui tre anni fa, ma se non avessi incontrato lei, con cui all'inizio mi contendevo l'affitto del negozio, non so se sarei stata in grado di realizzare tutto questo. Perché perdere Fabrizio era stato più doloroso della decisione di stravolgere la mia vita, anche se ora ho capito che anche quella fu una mia, avventata, scelta. Mentre i ricordi mi travolgono, i miei commensali si sono già lanciati sui taglieri di antipasti dove la mortadella Bologna la fa da padrona.
Ci servono poi tortellini in brodo, nonostante sia maggio, e so che Nicoletta li ha scelti perché mia madre, a ogni telefonata, per settimane, ne ha tessuto le lodi. Il secondo invece è una tipica cotoletta bolognese, accompagnata da verdura mista e patate fritte, sulle quali mi avvento appena la cameriera le posa sul tavolo. Fabrizio ordina due diversi tipi di vino e discute con mia madre sul boccato morbido e sul ritorno fruttato, e a me sembra che parli un'altra lingua. *Immagino che si senta così quando io gli parlo della Confraternita del pugnale nero e di Shadowhunters.*
Una volta terminata la carne, i camerieri ci lasciano un po' di respiro, senza farci pressione perché liberiamo il tavolo. Quando Nicoletta mi fa un sorriso beffardo temo che li abbia minacciati, ma decido di non indagare. Dopo un quarto d'ora ritornano con la lista dei dolci.

«Così scegli à la carte e non ti puoi lamentare» sottolinea la mia amica.
«Ma se mangio persino le tue merendine» affermo, «non puoi certo dire che faccia la schizzinosa con i dolci che non preparo io.»
Il mio ragazzo scoppia a ridere e gli va di traverso il vino dal boccato morbido o quello dal ritorno fruttato. «Sei proprio un caso senza speranza Viviana. Come sarebbe che mangi le sue merendine?» mi chiede.
«È stato un caso eccezionale» preciso.
«Era questione di vita o di morte, e colpa tua» aggiunge Nicoletta guardandolo negli occhi.
«Colpa mia?» domanda lui. «Questa me la devi raccontare.»
Faccio cenno di no con la testa, Fabrizio capisce subito e cambia argomento. Per fortuna mia madre non segue i nostri discorsi, altrimenti mi troverei di nuovo a dover condire la realtà con una buona dose di fantasia, perché anche questo episodio ha a che fare con i nostri trascorsi di cui lei è ignara. Credo che non ci segua perché è troppo impegnata a guardarci, e il luccichio che ha ora negli occhi l'ho visto di rado. Somiglia a quello che ho io quando sono con Fabrizio o parlo di lui. Somiglia alla felicità. Mia madre è felice perché io sono felice. Si accorge che la guardo, mi sorride e smette di studiarci per dedicarsi alla carta dei dolci.
«Io prendo le raviole con la mostarda» dichiara.
«Mangi la mostarda? Ma sei sicura?» le domando.

«Certo che sì, lo sai che mi è sempre piaciuta» risponde.
«Brava Vilma» dice Nicoletta, «cameriera, raviole alla mostarda per due, grazie.»
«Per tre, grazie» specifica Fabrizio.
«E la pasticcera invece, cosa desidera?» mi chiede la cameriera con un sorrisino ironico.
Darti uno schiaffone, penso, ma mi limito a rispondere: «Brazadela romagnola, per me.»
Da accompagnare al dolce il mio ragazzo vorrebbe un vino bianco che però non hanno; storce il naso quando gliene propongono altri, ma alla fine lo soddisfa l'Albana di Romagna. Ordiniamo anche il caffè, a cui Fabrizio non rinuncia mai, anche se per la sua salute sto cercando di limitarlo, un po' come lui quando insiste perché io faccia movimento. Ci provo perché lo amo, quindi immagino che anche il suo sia un modo di prendersi cura di me e mi ritrovo a sorridere.
«Cos'hai da sorridere da sola, come una pazza?» mi chiede Nicoletta.
«Ha parlato quella sana di mente» replico, evitando di rispondere alla sua domanda.
«Sembrate cane e gatto» afferma mia madre, «ogni volta che vi vedo mi chiedo come facciate a lavorare insieme otto ore al giorno.»
«E non sa che fatica Vilma, quando le ore sono più di otto!» esclama la mia amica.
«In realtà noi due ci completiamo» dico, sbattendo le ciglia. Ridono tutti. Fabrizio mi dà un bacio su una

tempia e poi si alza. Lo conosco bene, e so che sta andando a pagare il conto. Quando torna infatti dice: «Signore, volete andare?»
«Va bene» accetta mia madre, «comincio ad avvertire un po' di stanchezza. Chiediamo il conto?» Alzo lo sguardo alla ricerca di quello di Fabrizio, e lui mi sorride.
«È tutto sistemato» spiego.
«Ma no!» protesta la mamma. «Dovevi dirmelo che si era alzato per saldare. Vado a cena per la prima volta con il fidanzato di mia figlia e offre lui?»
«È un piacere per me» replica Fabrizio.
«Sei un vero gentiluomo, e ti ringrazio» insiste Vilma, «ma ci tenevo davvero a pagare, per ringraziarvi della splendida giornata che mi avete regalato.»
«Vorrà dire che, quando verremo a trovarvi a Verona, ci offrirete una cena tipica» replica Fabrizio.
Nel sentirlo pronunciare queste parole mi tremano le gambe. Da una parte l'idea di presentarlo a mio padre non mi piace per niente, dall'altra vorrei proprio andare a trovarlo e sbattergli in faccia che sono riuscita a realizzare quello che lui riteneva impossibile: essere felice.
Quando usciamo dall'Osteria Bottega ci dividiamo da Nicoletta, che però non ci lascia andare finché non accettiamo di andare a pranzo da lei il giorno dopo.
Una volta a casa, mentre Fabrizio si prepara per andare a dormire e mia madre si rilassa sul divano, faccio un bilancio della giornata. L'atmosfera è stata leggera, nonostante fosse la prima volta che lei mi vedeva accanto

a un uomo diverso da Davide e, nonostante le prese in giro che hanno messo in atto coalizzandosi contro di me, mi sono davvero divertita.
«A che ora hai il treno domani sera?» chiedo alla mamma.
«Alle diciotto e quarantacinque» risponde.
«Se Nico non ci tiene a tavola fino all'ora di cena possiamo fare un altro giro per la città» propongo, «ma niente torre domani eh.» Lei ride.
«Bagno libero» sentiamo dire dal reparto notte.
«Vai prima tu» suggerisco.
Mamma si alza dal divano, ma prima di andare mi abbraccia forte e mi dice: «Sono tanto orgogliosa di te.»

Capitolo XIX

Dopo il pranzo a casa di Nicoletta, io, la mamma e Fabrizio andiamo a fare una passeggiata. Mia madre ha letto un articolo sul fatto che, sotto la città di Bologna, esiste una sorta di piccola Venezia. I cunicoli e i tunnel sotterranei però non si possono più visitare da anni, perciò ci accontentiamo di passeggiare sotto i portici.
Rientriamo a casa presto, in modo che possa preparare con calma il trolley e arrivare in stazione con un po' di anticipo. Sto pensando che sarebbe opportuno che la accompagnassi, onde evitare che si perda di nuovo, dato che le sembra di essere alla NASA, quando la sentiamo al telefono.
«Con chi parla?» mi chiede Fabrizio.
«Non lo so, forse con mio padre» rispondo. Mi affaccio alla porta della cameretta in tempo per sentirle dire: «Tra mezz'ora allora, sì, grazie.»
«Mamma, tutto okay?»
«Sì, tesoro, ho chiamato un taxi.»
«Come sarebbe che hai chiamato un taxi? Ti portiamo noi in stazione.»
«Ma certo, Vilma» interviene il mio ragazzo, «sono venuto a prenderla e la riaccompagno volentieri.»
Il sorriso di mia madre conferma il mio sospetto che, quella di arrivare proprio sabato mattina, sia stata una tecnica messa a punto appositamente per studiare Fabrizio senza di me.

«No, ragazzi, sono stata con voi due giorni interi. Avete appena iniziato a vivere insieme, di certo avrete bisogno di stare un po' da soli» spiega.
«Mamma, si tratterà di non più di mezz'ora. Il tempo di accompagnarti in stazione e poi al binario. Non penserai mica che sia un problema!»
«So che non lo è tesoro, ma preferisco andare con il taxi. Avete già fatto fin troppo.»
«Sì, in effetti ho fatto 498 scalini prima in salita, e poi in discesa, per te» replico ridacchiando.
«Dovrebbe venire a trovarci più spesso» propone Fabrizio, «dato che è l'unico modo per farle fare un po' di movimento.»
«Non è esattamente l'unico…» comincio, lasciando poi la frase in sospeso.
«Vedi?» dice mia madre dandogli scherzosamente di gomito su un fianco. «Avete bisogno di restare un po' da soli.» Scappa una risatina a entrambi.
Il taxi arriva puntuale sotto casa. La accompagniamo fuori e, al momento dei saluti, la mamma mi abbraccia e poi, incerta, si dirige verso Fabrizio. Lui però apre le braccia e la stringe forte a sé, e negli occhi di lei vedo di nuovo apparire quel luccichio.
Torniamo su e ci accoccoliamo sul divano, l'uno accanto all'altra. «Sono contento di averla conosciuta» mi rivela Fabrizio.
«Fa piacere anche a me» gli faccio eco, mentre con un dito traccio piccoli cerchi sul suo braccio. «È andata meglio di

quanto mi aspettassi» ammetto, «ero piuttosto sicura che sarebbe stata felice di sapere che avevo qualcuno al mio fianco, ma non sapevo come avrebbe preso il fatto che tu viva qui. Sai com'è, ci siamo appena conosciuti...»
«Be', non ci saremo appena conosciuti» afferma sorridendo, «ma è vero che è stato un colpo di fulmine.»
«Anche per me» confesso baciandolo. Lui ricambia subito con passione, dischiudendo la bocca e seguendo con la punta della lingua i contorni delle mie labbra. Accarezzo la barba sul suo mento mentre gli mordicchio il labbro inferiore. Proprio quando la danza delle nostre lingue si sta facendo più profonda, suona il campanello. Scattiamo in piedi come due studenti sorpresi a baciarsi dietro la lavagna. «Tua madre avrà dimenticato qualcosa» dice Fabrizio.
«È il campanello» replico andando alla porta, «non il citofono.»
Quando spalanco la porta però, non è Vilma Tosi quella che vedo, ma qualcuno che, pur non avendo mai incontrato di persona, conosco benissimo. In piedi di fronte a me, avvolta in un tubino nero, abbinato a un paio di sandali tronchetto Moonlight di René Caovilla e a una borsa di Prada, con i capelli rosso fuoco separati in boccoli perfetti che le ricadono morbidamente sulla scollatura e gli occhi più verdi della giada, c'è Barbara Giraudo.

Io rimango ammutolita dalla sua visione, Fabrizio invece avanza verso di me con atteggiamento protettivo. «Che cazzo ci fai qui?» le chiede rabbioso.
Barbara non risponde subito. Ci studia per qualche secondo, poi la sua bocca si piega in un sorriso beffardo. «Be', non mi fai accomodare?» gli domanda.
«Vattene. Non abbiamo più niente da dirci» replica Fabrizio.
«È qui che ti sbagli» risponde lei, «tu e la tua nuova fidanzatina dovreste proprio invitarmi a entrare.»
Fabrizio si piazza davanti all'entrata. «Lasciala fuori da questa storia, lei non c'entra.»
Io penso che invece c'entro, c'entro eccome. È per me che si è trasferito a Bologna, ma soprattutto è per me che l'ha lasciata.
«Ti ho portato un regalo» gli dice, porgendogli una busta. Lui non sa se accettarla o meno, tende la mano, ma subito dopo la ritrae. «Prendila» ordina Barbara, «e poi ringrazia il tuo direttore, anche per questa visita. È lui che mi ha detto dove trovarti.»
Fabrizio la afferra con rabbia. «Adesso, fuori dai piedi» le intima.
«Vado, vado. Certo che uno che aveva me e mi sostituisce con una sciacquetta che sembra uscita da un catalogo Bonprix è caduto proprio in basso» dice girando i tacchi e incamminandosi verso le scale. Per quanto costosi possano essere i miei jeans e la mia polo, non possono certo competere con il suo abbigliamento. Prima di

scendere gli scalini, Barbara si gira e aggiunge: «Ti avevo promesso che te l'avrei fatta pagare. E io mantengo sempre le promesse.»
Dopo che ha girato l'angolo delle scale, noi due rimaniamo esattamente dove siamo per qualche istante. Senza muoverci né parlare. Poi Fabrizio chiude la porta e mi abbraccia. Solo allora mi rendo conto che sto tremando. «È molto più arrabbiata lei con te, di quanto Davide lo sia con me» mormoro. «Cos'è successo veramente tra voi?»
«Sediamoci» mi propone Fabrizio, ma io resto in piedi e guardo la busta che tiene in mano.
«Devi aprirla» gli dico. Lui si passa la mano sudata sui jeans e poi la strappa. Apre il foglio, legge le prime parole e poi si blocca. Gliela prendo dalle mani per vedere cosa può esservi scritto di così terribile da fargli morire la voce in gola.

Egregio Sig. Fabrizio Ferreri

Oggetto: Licenziamento

Con la presente Le comunico ufficialmente l'intenzione di risolvere il rapporto di lavoro.
Il licenziamento ha effetto immediato, La invitiamo pertanto a ritirare i Suoi effetti personali.

Distinti saluti
Dott. Armando Cesari

«Merda!» esclama Fabrizio.
«Non può essere» affermo incredula. «Deve trattarsi di uno scherzo.»
«Ti assicuro che Barbara non è un tipo divertente.»
«Ma per licenziarti non serve una giusta causa? E questo genere di lettere non dovrebbero arrivare con una raccomandata?»
«Sono ancora in prova» dice gettandosi pesantemente sul divano, «e vedrai che arriverà per posta. La mia ex voleva vedermi in faccia quando l'avessi saputo. Per fortuna non l'ho aperta di fronte a lei. Almeno questa soddisfazione non l'ha avuta.»
«Non è possibile, dai, non è possibile» ripeto camminando irrequieta intorno al tavolo.
«Viviana, vieni qui» sussurra. Lo raggiungo sul divano e mi siedo accanto a lui, come una ventina di minuti prima, ma ora sono tesa e nervosa, non felice e rilassata com'ero.
«Vuoi dirmi perché è così arrabbiata?» domando.
«Ti ho raccontato di come ho scoperto che eri a Bologna e di come io abbia approfittato subito della possibilità di trasferirmi qui» comincia, «ma ho sorvolato su quale sia stata la goccia che ha fatto traboccare il vaso con lei.»
Nel mio caso non c'era stato un episodio che mi avesse permesso di capire che non potevo più restare dov'ero, semplicemente mi ero guardata intorno, rendendomi conto che quella vita non mi apparteneva più. Per Fabrizio doveva essere andata in modo diverso.

«Un giorno Barbara mi ha detto che aveva quasi quarant'anni e che era ora che avessimo un figlio» continua. «Io non mi sono mai sentito particolarmente portato per diventare padre, ma in quel momento ho capito con chiarezza che, se mai avessi deciso di avere un figlio, non l'avrei avuto con lei.» Mi stringe la mano nella sua, facendomi sospettare che potrebbe volerlo da me, ma abbiamo già messo troppa carne sul fuoco e ritengo che sia meglio rimandare questa discussione.
«Abbiamo avuto una litigata furiosa. All'inizio non ero ancora sicuro che fosse il momento di lasciarla, pensavo di dirle che non mi sentivo pronto, ma quando mi ha detto che se non me ne fossi occupato io, avrebbe di certo trovato qualcun altro disposto a farlo, ho capito che non mi amava più di quanto la amassi io.»
«Ho avuto l'impressione che ti guardasse come se fossi di sua proprietà» azzardo.
«Infatti è così» conferma. «Per lei non valgo molto di più di uno dei tanti oggetti che può comprare con i soldi di suo padre. Perché credi che sia venuta qui oggi?»
«Per vendicarsi?» chiedo.
«Perché non è abituata a perdere. Le cose che possiede non hanno la facoltà di andarsene.»
«Io e Davide siamo stati molto felici all'inizio» gli racconto, «anche se ora è difficile da credere, come per me ricordare quel periodo. Quando una storia finisce rimangono spesso sentimenti negativi, che tendono a cancellare anche i momenti belli. Però ci sono stati.

Probabilmente il nostro amore si sarebbe esaurito comunque, forse è successo perché mi sono innamorata di un altro.» Lui annuisce, ma non sono sicura che abbia capito dove voglio arrivare. «Ci sono stati momenti belli tra voi? Siete stati felici?»
Fabrizio scoppia in una risata amara. «In due secondi mi hai psicanalizzato.»
«Saranno le cattive frequentazioni» rispondo cercando di sdrammatizzare.
«Alludi a Nicoletta?»
«Proprio a lei» confermo.
«Mi piacerebbe tanto risponderti di sì» riprende, «ma quando ho conosciuto te, ho capito che quello non era amore. Barbara è una donna molto attraente, questo non posso negarlo, ma l'attrazione non è amore.»
«Sei comunque rimasto con lei per molto tempo, per me non è stato facile lasciare Davide perché rimanevo aggrappata al ricordo di quello che eravamo stati, ma perché per te è stato così difficile?» Vedo che il suo sguardo, già scuro a causa degli ultimi eventi, si rabbuia ulteriormente quando gli faccio questa domanda. «Non ti sto giudicando» aggiungo, «sto solo cercando di capire.»
«Se anche tu esprimessi un giudizio negativo sul mio comportamento lo comprenderei» risponde, «perché la verità è che sono rimasto con lei perché i soldi e la posizione di rilievo di suo padre mi permettevano agi e lussi che altrimenti non avrei potuto avere. Anzi, forse ho cominciato la relazione solo per questo motivo.»

«Non perché è una gran gnocca?» domando, e gli strappo un sorriso, ma io ho bisogno di essere rassicurata. Tutto il trucco non riusciva a nascondere i segni dell'età, ma i ragazzi della mia vecchia compagnia avrebbero detto che è una milf, o una cougar, o quello che è.
«Ti ripeto, non posso dire che non sia bella, ma trascorre due ore in bagno per ottenere il risultato che hai visto. Tu invece sei stupenda anche al mattino appena sveglia» risponde.
«Ma se ho due occhiaie che sembro la sorella gemella di Po!» protesto.
«Viviana, sei bellissima, e io ti amo.»
Apro la bocca per ribattere, ma mi zittisce con un bacio.
«E adesso? Cosa facciamo?» chiedo quando si stacca da me.
«Adesso non possiamo che aspettare domani.»

Capitolo XX

Il cuore mi batte all'impazzata quando, alle otto della mattina dopo, il cellulare di Fabrizio squilla. Lui esce dal bagno di corsa, lo prende dal comodino dove lo aveva appoggiato, e risponde. «Pronto? Buongiorno, dottor Cesari» dice con la voce che gli trema. «Va bene, sto arrivando.» Chiude la telefonata, mi guarda e mi fa cenno di sì con la testa. «Mi ha chiesto di andare direttamente nel suo ufficio appena arrivo» mormora, «sostiene di dovermi parlare.»

«Amore...» sussurro avvicinandomi a lui e abbracciandolo. Fabrizio mi accarezza la testa. «Avrei dovuto aspettarmi che Barbara non mi avrebbe lasciato andare impunemente.»

«Ha tutto questo potere?» chiedo.

«Be'» risponde, «lei no, ma suo padre è un politico influente e ha molti amici nei Consigli di Amministrazione di banche e aziende italiane.»

«Barbara chiede, Barbara ottiene» sentenzio.

«Ci hai preso in pieno» conferma. «Devo sbrigarmi» afferma dandomi un bacio sulla fronte prima di vestirsi, «vado a sentire pronunciare la mia sentenza.»

«Quando ci vediamo?» chiedo in un tono che lascia chiaramente trasparire la mia preoccupazione. Fabrizio mi fa una carezza, come se, con quel gesto, potesse prendere su di sé un po' della mia apprensione.

«Se le cose andranno come temiamo, ti raggiungerò al Cakes & Flowers più tardi» risponde prima di uscire. Sospiro e mi vesto per andare al lavoro.

«Buongiorno» mi saluta Nicoletta appena varco la soglia.
«Ciao, Nico» replico, prima di accorgermi che è in compagnia. Seduto nel nostro angolo relax, impeccabile nel suo completo Ermenegildo Zegna, c'è Alessio, che mi rivolge un sorriso imbarazzato. Guardo prima lui e poi la mia amica e mi scappa una risatina.
«Buongiorno, avvocato. C'è forse qualcosa che dovrei sapere?» chiedo.
«Be', ma petite, lo sai come vanno queste cose, no? Gli uomini preferiscono le bionde ma poi sposano le more» mi risponde lei. La prendo per un braccio e la trascino in cucina. «Brutta stronza, con amore» la rimprovero, «si può sapere com'è sta storia che esci con Alessio e non mi dici niente?»
«La storia è questa. Io e l'avvocato abbiamo un amico in comune. Marco, quel ragazzo del Centergross, te lo ricordi?» Faccio segno di sì con la testa, perché sono curiosa di sapere come continua la storia. «Quando l'ha scoperto, Alessio gli ha chiesto il mio numero. Marco mi ha scritto per sapere se poteva darglielo e io ovviamente gli ho risposto di sì.»
«Nico, ma se ti piaceva così tanto, il suo numero potevo dartelo io, è nuovo, non l'ho mai usato» affermo ridacchiando.

«Sì, in effetti stavo pensando di chiedertelo, ma poi ho ricevuto il suo messaggio» mormora diventando rossa.
«No, no, aspetta!» esclamo. «Sei arrossita? La mia cinica amica Nicoletta è arrossita? Deve piacerti proprio tanto quest'uomo!»
«Shhh, parla piano» mi riprende, «aspettiamo a rivelargli che sono stracotta di lui, lasciamo un alone di mistero e facciamolo cuocere per un po' nel suo brodo.»
«Intendi farlo sentire in colpa perché ha rivolto il suo interesse prima a me?» domando.
«Certo che sì!»
Rido. «Adesso ti riconosco. Comunque, che cavolo aspettavi a dirmelo?»
«È successo sabato, e tu avevi tua madre, Fabrizio, e una montagna di pensieri…»
«E se ne sono aggiunti altri» preciso rabbuiandomi. La novità mi ha distratto per qualche istante dal dramma che sta vivendo il mio ragazzo mentre io parlo con la mia amica.
«Oddio, ma petite, come ti sei fatta seria. Cos'è successo?» chiede preoccupata.
«Ora torna da Alessio» rispondo, «più tardi ti spiego tutto.»
«Mmm» mugugna. «Sei sicura? Mandarlo via per dedicarmi a te sarebbe un ottimo modo per tenerlo sulle spine.»
«Tu sei pazza» affermo. «Vuoi cacciare il primo uomo al mondo che ti fa imporporare le gote?»

Nicoletta mi schiaffeggia un braccio. «Abbi pietà, non cominciare a parlare come in un romanzo rosa.»
«Va bene, va bene» soccombo, «ora vattene!»
Esce dalla cucina mostrandomi il dito medio ma dicendomi: «Sempre con amore, eh.» Scuoto la testa e mi metto a lavorare, però sono in pensiero per Fabrizio. Preoccupata di non averlo sentito suonare, controllo l'iPhone, ma non mi ha inviato nessun messaggio. Sicuramente è ancora nell'ufficio del dottor Cesari, ma la speranza che fosse solo uno scherzo di Barbara si è spenta questa mattina, quando mi ha spiegato quanto potente sia suo padre. Sento Alessio e Nicoletta parlare e ridere, il che rallegra un po' la mia giornata. Da quando la conosco non l'ho mai vista così presa da un uomo, Miss-lo-devo-scopare-mica-sposare ha finalmente un punto debole. Del resto l'avvocato è un uomo bellissimo, ma anche intelligente e sensibile. Non credo che si possa desiderare altro. Sempre se non parliamo di Fabrizio, che ha qualche ruga in più, ma anche molto più fascino. Almeno ai miei occhi, che sono quelli di una donna innamorata.
Sento aprirsi la porta del negozio e corro fuori dalla cucina, ricordandomi a mala pena di spegnere la macchina che sta impastando i cupcake al caffè. Fabrizio, scuro in volto, osserva prima me, poi Alessio. Persa nei miei pensieri mi ero scordata che l'incontro tra loro due aveva rasentato lo scoppio della terza guerra mondiale. Si limita a un cenno del capo come saluto e, stranamente, la

mia amica fa lo stesso, senza dire niente. Lo trascino nell'altra stanza come ho fatto con Nicoletta e gli chiedo com'è andata.
«Come mi aspettavo» risponde.
«Cioè? La lettera di licenziamento era autentica?»
Annuisce. «Cesari dice che presto mi arriverà tramite raccomandata, ma mi ha invitato a liberare la mia scrivania già questa mattina.»
«Ma non hai protestato?» domando. «Non c'è modo di far valere le tue ragioni?»
«Vuoi la verità?» replica. «Non mi sono nemmeno arrabbiato. Quando sono arrivato il direttore era più agitato di me. Mi ha fatto pena. Camminava avanti e indietro per lo studio, era sudato e nervoso, e continuava a ripetere *mi dispiace, mi dispiace...*»
«Il padre di Barbara?» azzardo.
«Esattamente. Federico Giraudo l'ha minacciato. Se non mi avesse licenziato, sarebbe stato lui a perdere il posto.»
«Cazzo!» esclamo.
«Già. La moglie di Cesari è mancata qualche anno fa e lui si è trovato da solo a crescere due figli. Il più grande deve andare a studiare Economia e Commercio all'estero tra qualche mese. Non può permettersi di perdere il lavoro.»
Non so se piangere o urlare. «Io tutto questo lo capisco» dico, «ma non è giusto che ci vada di mezzo tu.»
«Forse doveva andare così» replica Fabrizio.
«È colpa mia» mormoro, «hai perso tutto per avere me.»
Lui mi sorride. «Colpa tua? Merito, vorrai dire! Se non ti

avessi incontrata e poi persa, e se non avessi dovuto cercarti, non avrei mai avuto la forza di liberarmi da un rapporto che era solo una gabbia dorata» confessa abbracciandomi, e io mi godo la meravigliosa sensazione di protezione che mi offrono le sue braccia.
«C'è Alessio!» esclamo all'improvviso.
«L'ho notato» risponde Fabrizio squadrandomi con aria truce, «ma per quanto sia rincoglionito stamattina, ho visto con piacere che non è qui per te. Non è che a te, invece, dispiace?»
«Abbiamo già abbastanza problemi» rispondo, «non mi pare proprio il caso che ci aggiungiamo la gelosia. Ma possiamo chiedergli una consulenza.»
«Per cosa?»
«Per quello che ti è successo! È un avvocato.»
«Ah. Già» replica niente affatto convinto.
Io però sono già partita in quarta. «Alessio?» lo chiamo dal disimpegno. «Ti posso chiedere una cosa?»
Lui annuisce alzandosi in piedi. «Hai la lettera?» chiedo a Fabrizio che mi ha seguito controvoglia. Me la porge, e io, a mia volta, la do all'avvocato.
«Non mi occupo di diritto del lavoro» esordisce Alessio guardandola, «comunque spiegami un po' la situazione.»
Gli racconto brevemente come l'abbiamo ricevuta, senza indugiare sui particolari, ma quando faccio il nome di Barbara, capisco dallo sguardo di Nicoletta che dovrò riferirglieli tutti.

«Mi piacerebbe moltissimo ingaggiare una guerra contro questo signor Giraudo, ma se effettivamente riceverai una raccomandata, e se eri ancora in prova, non si può fare niente» spiega a Fabrizio con estrema professionalità.
Il mio ragazzo sospira, ma ringrazia, e gli rivolge persino un sorriso.
«Non sai quanto mi dispiace» sussurro.
«Non ti preoccupare» risponde, «forse è l'occasione per cominciare una nuova vita.» Poi mi stringe a sé, e guardandosi intorno, quasi contemplando quello che ho costruito, aggiunge: «Evidentemente la carriera in banca non era adatta a noi.»

Capitolo XXI

Bologna, luglio 2016

«Hai voglia di spiegarmi cosa sta succedendo?» chiedo a Fabrizio, mentre gli verso il caffè. Lui addenta un biscotto e non risponde. «Dopo l'arrivo della raccomandata, hai cominciato subito a cercare lavoro in un'altra banca» lo incalzo, «ma a poco a poco sei diventato taciturno. Qualcosa non va, l'ho capito, e non si tratta del fatto che non hai trovato un nuovo impiego.»
Sospira. «Hai ragione» risponde, «il vero problema è che non lo troverò.» Appoggio la moka sul fornello e mi siedo. «Raccontami tutto» propongo, accarezzandogli un braccio.
«I primi giorni non me ne sono reso conto» inizia a spiegare, «ritenevo normale non trovare subito un'altra occupazione, anche con il mio curriculum. Con il passare delle settimane però, ho iniziato a subodorare qualcosa. Nessuno mi richiamava, neanche per un colloquio, e se mi presentavo di persona, si facevano negare. Poi ieri mi ha telefonato Carlo, il mio collega di Torino, te lo ricordi?» Annuisco, e lui prosegue. «L'altra sera stava prendendo un aperitivo Al Bicerin, ed è entrato il padre di Barbara. L'ha sentito vantarsi con gli amici di aver rovinato la vita a quel pezzente dell'ex fidanzato di sua figlia, invitando calorosamente tutte le sue conoscenze a non assumermi.»

«Figlio di puttana!» esclamo.
«Nessuno mi darà un lavoro Viv, e se anche qualcuno provasse a opporre resistenza, verrebbe minacciato come Cesari.»
Mi sento male per lui, perché so per esperienza quanto sia difficile ricominciare da zero. Ma io ero sola, Fabrizio invece ha me. «Qualunque cosa accada, la affronteremo insieme» affermo.
«Insieme» mi fa eco lui, prima di trascinarmi giù dalla sedia e baciarmi con passione.
È evidente che il bacio non gli basta, e non basta neanche a me, ma il Cakes & Flowers mi aspetta. «Perché non vieni in negozio con me» gli propongo, «invece di stare a casa a deprimerti?»
«Perché no?» risponde. «Quella pazza della tua amica sarà di certo un'ottima distrazione.»
Quando arriviamo, la pazza è intenta ad armeggiare con il computer.
«Buongiorno» la saluto, «che stai combinando?»
«Ciao, ma petite» risponde con espressione accigliata. «Sto litigando con il nostro sito.» Mi avvicino e do un'occhiata allo schermo.
«Io non ci capirò neanche niente di questi cosi, ma *cakes&flowers.it* sta proprio dando i numeri» sbotta la mia socia.
«Posso?» chiede Fabrizio.
«Te ne intendi?» domanda lei.

«In effetti sì» le risponde. «Ho studiato informatica. Ai miei tempi dicevano che ci avrebbe assicurato un futuro» afferma con una certa ironia. Smanetta un po' e fa apparire schermate che a me sembrano uscite da un film di fantascienza.

«Okay, per adesso dovrebbe reggere» sentenzia, «ma qui c'è da fare un grosso lavoro, il dominio non è più in grado di sopportare il traffico del vostro sito e...»

«Senti un po'» lo interrompe Nicoletta. «Tu sei ancora disoccupato, vero?»

Fabrizio la guarda perplesso, io e lei invece ci scambiamo un sorriso d'intesa, e mi chiedo perché non ci abbia pensato prima. «Sì, Nico, sono disoccupato» risponde.

«Allora ho, anzi, abbiamo, una proposta da farti. Non possiamo certo offrirti lo stipendio che avevi in banca» continua, «ma la Cakes & Flowers è lieta di proporti un posto come informatico, o sistemista, o tecnico del computer, o comunque cavolo si dica!»

Fabrizio mi guarda perplesso. «Dice sul serio?» chiede. Io annuisco. Gli scappa una risata. «Ti rendi conto in questo modo, io e te, passeremo dal nulla, allo stare insieme, vivere insieme, e lavorare insieme?»

«La vita è proprio imprevedibile» dichiaro abbracciandolo. Lo stridio dei freni di un'auto però, attira la nostra attenzione interrompendo l'idillio. Da un taxi fermatosi all'improvviso davanti alla porta del negozio scende Barbara.

«Non mi sono sbagliata, siete proprio voi!» sputa fuori senza neanche salutare.
Nicoletta capisce subito di chi si tratta, e ignorando le buone maniere, le chiede: «Cosa ci fai qui, Poison Ivy dei poveri?»
Barbara, che si sta pregustando un trionfo, non coglie la provocazione. «Sono stata a Palazzo Albergati a vedere la mostra su Barbie. Infondo, un'icona così non poteva che chiamarsi Barbara… e poi papà è molto amico di uno degli organizzatori» ci tiene a puntualizzare. «Ora sto andando all'aeroporto, ma quando vi ho visto, ho pensato che una fermata per festeggiare posso anche permettermela.» Quando alza lo sguardo sul suo ex però, non vede quello che si aspettava. Fabrizio sta ancora sorridendo per la perfetta soluzione che abbiamo trovato.
«Sorridi?» chiede con voce piena di rabbia. «Che cazzo hai da sorridere? Abiti in un piccolo appartamento, hai perso il lavoro… Ti ho portato via tutto!»
Fabrizio mi stringe forte a sé, poi la guarda negli occhi e le risponde: «Non puoi portarmi via ciò che conta di più, perché non è una cosa, ma una persona, e finché avrò lei al mio fianco sorriderò sempre.»
Vedo il tacco dodici delle sue Manolo Blahnik tremare un po'. «Io… io…» tartaglia Barbara. *Tu hai perso,* penso, ma non do voce ai miei pensieri, perché vederla caracollare sui tacchi mentre si dirige verso la porta e per la rabbia manca la maniglia, è una soddisfazione sufficiente. Mi

stacco da Fabrizio, mi avvicino a lei e gliela apro. «Prego» le dico. Barbara esce e sale sul taxi, senza guardarsi indietro. Fuori dal mio negozio, fuori dalla mia vita.

«Pensi davvero le cose che hai detto oggi?» chiedo a Fabrizio dopo cena.

«Quelle che ho detto a Barbara?» mi risponde con un'altra domanda.

Annuisco. Lui si avvicina, mi mette due dita sotto il mento e mi costringe a guardarlo negli occhi. «Sorriderò sempre» afferma, e poi mi bacia. Disegna i contorni delle labbra con la lingua e si fa strada piano piano nella mia bocca. Subito una pulsazione mi contrae il basso ventre, in un istante sono già pronta ad accoglierlo. Faccio aderire il mio corpo al suo e sento l'erezione premere contro di me, chiaro segno che mi desidera quanto io desidero lui. Nonostante l'eccitazione però, indugia.

«Viviana, lo sai quanto sei importante per me?» chiede. «Se non ti avessi incontrato, avrei passato tutta la vita a cercarti» afferma. Non so cosa rispondere, non trovo le parole, forse perché non esistono parole adatte a descrivere ciò che provo per lui.

«C'è sempre stato un mondo tra noi due, dovevamo soltanto avere il coraggio di aprire gli occhi e guardarlo» aggiunge.

«Ti amo» gli sussurro in un orecchio. Queste cinque lettere non sono abbastanza per esprimere la profondità del mio sentimento, ma sono le uniche che conosco.

«Anche io ti amo.» Quando le pronuncia lui però, hanno il suono della felicità.

Epilogo

Verona, ottobre 2016

«Devi sapere che è l'anfiteatro antico con il miglior grado di conservazione» spiega mio padre a Fabrizio, «grazie ai continui restauri messi in atto nel corso dei secoli.»
Io e la mamma passeggiamo a poca distanza da loro. È l'ennesima volta che ascoltiamo questa esposizione e, se mai con il Cakes & Flowers dovesse andare male, potrei sempre fare la guida turistica a Verona.
«Che meraviglia!» esclama Fabrizio. «Non avevo mai visitato l'arena prima.»
«È proprio vero» conferma Amedeo Castelli, «è una meraviglia dell'architettura ludica romana.» Poi gli sorride e gli dà una pacca sulla spalla. Mi giro di scatto verso mia madre.
«Hai visto anche tu quello che ho visto io?» le chiedo perplessa.
«Eh, sì, ma petite» risponde imitando la mia amica, «l'ho visto anche io.»

Il mio Natale con te

racconto

Il mio mondo nei tuoi occhi series
1.5

Nel silenzio del mio cuore,
tu, fai un gran rumore.

Capitolo I

«Sveglia, bella addormentata» sento sussurrare in un orecchio. Fatico a distinguere le parole e, mentre la mia mente vaga in uno spazio indefinito tra la veglia e il sonno, mi chiedo perché Fabrizio stia cercando di svegliarmi. È l'otto dicembre, e abbiamo deciso di tenere chiuso il Cakes & Flowers fino a lunedì.
Qualcosa mi solletica il viso. «Se non ti alzi subito, userò l'altro lato» minaccia. Infilo la testa sotto il cuscino. Fabrizio però non demorde e fa volare via il piumone. Avverto il freddo e anche una leggera frustata su una natica. Apro gli occhi e mi alzo a sedere.
«Delizia o castigo?» chiede sorridendo. Tiene in mano il frustino che ho acquistato dopo aver partecipato a una riunione della Valigia Rossa. «Tanto con quel pigiama di pile non avrai sentito niente!» aggiunge. Gli faccio una linguaccia. Si siede accanto a me e mi dà un bacio sulla fronte. Lo abbraccio e inspiro il suo profumo. Anche se viviamo insieme da mesi, a volte ho ancora paura che sia un sogno. Ho bisogno di toccarlo e di stringerlo per sentire che è qui e che è reale. Finisco con il mordicchiargli un orecchio. È più forte di me, anche quando non sono del tutto sveglia ho sempre voglia di lui.
«Se questa è la ricompensa per averti buttato giù dal letto penso proprio che lo farò più spesso.»

«Non ci provare nemmeno!» biascico, ancora assonnata. «Anzi, si può sapere perché cavolo mi hai svegliata, dato che non devo lavorare?»
Non risponde, ma si alza in piedi e va in cameretta. Lo sento armeggiare con qualcosa, poi torna trascinandosi dietro i trolley. «Sorpresa!» esclama, con quel sorriso sghembo che gli increspa la guancia sinistra e che mi fa sempre tremare le gambe.
Per un istante lo fisso senza capire. «Partiamo?» domando. «No» risponde lui ridendo, «portavo un po' a spasso le valigie.»
«Ma che pretendi?» lo rimprovero. «Non ho ancora assunto la mia dose di zuccheri quotidiana. Sai benissimo che non connetto prima di averlo fatto.»
«Qualche volta ho il sospetto che tu non connetta neanche dopo» mi prende in giro.
Sto per alzarmi, ma non me ne lascia il tempo. Mi prende in braccio e mi porta di peso in cucina. «Mettimi giù» protesto debolmente. In realtà adoro il suo essere tanto forte quanto dolce e tanto selvaggio quanto romantico.
Sulla tavola ha steso la tovaglia rossa con le renne che mi ha regalato mia madre e l'ha apparecchiata con due mug con il maglioncino natalizio che avevo persino dimenticato di avere e con i piatti da dessert della Thun che abbiamo acquistato insieme. Poi ha disposto su un vassoio alcuni cupcake di Natale che ho preparato ieri.
«Se fossi uscito per acquistare le brioches ti saresti svegliata di sicuro...» si scusa. Ed è vero. È già successo

che abbia cercato di lasciarmi dormire mentre andava in pasticceria o al bar, ma ogni volta, al ritorno, mi ha trovato già sveglia. Come se non riuscissi più a dormire se si allontana troppo da me. Se penso a quante notti ho trascorso con un altro mentre pensavo a lui… Ma quella, ormai, è un'altra vita.
Lo bacio a fior di labbra. «Ora puoi mettermi giù davvero» dico. Mi posa a terra. «Faccio il caffè» affermo.
«Certo che no. Tu siediti, oggi penso a tutto io.» Accetto l'invito. Come sempre, Fabrizio prepara la caffettiera. Ho acquistato una di quelle macchine che funzionano con le capsule, a mio parere molto più pratiche e veloci, ma lui sostiene che il caffè non abbia lo stesso sapore. Lo lascio fare perché adoro essere coccolata. Intanto mi avvento su un alberello natalizio di ganache al cioccolato bianco con cui ho decorato un cupcake. Sto facendo delle prove per alcuni clienti abituali a cui tengo in modo particolare.
«Sei tremenda!» mi rimprovera. «Non è ancora pronto il caffè e già cominci a mangiare.»
«Non so dove mi porterai, magari si tratta un posto freddo e io avrò bisogno di molti zuccheri e molte calorie» mi giustifico.
Fabrizio ride. «Ogni scusa è buona per mangiare dolci.»
«Ti sei messo con una pasticcera, non con un'istruttrice di fitness. Sapevi a cosa andavi incontro» rispondo piccata.
L'immagine della perfezione quasi finta di Barbara fa capolino nella mia testa. Lui non dà peso alla mia risposta, mi versa il caffè, lo macchia con il latte freddo e

lo dolcifica con un cucchiaino di miele. Perfetto. Quest'uomo è perfetto. *E ha scelto te,* dice una vocina nella mia testa cancellando il ricordo della sua ex. Mi rilasso e addento il cupcake. Il gusto mi soddisfa, ma devo migliorare le decorazioni. Voglio che sembri davvero un albero di Natale.
«Ne devo mangiare un altro?» chiedo. «Avrò bisogno di molte calorie?»
«Direi di no, non stiamo per andare in Alaska» risponde.
«Lo sospettavo, non saresti riuscito a chiudere la tuta da sci dentro quel trolley... Ma me lo dici o non me lo dici?»
«È un posto dove sono sicuro che ti farà piacere tornare» afferma.
«Vicino o lontano?» domando afferrando un altro cupcake. Non si sa mai.
«Vicino» replica lui, guardandomi in tralice.
«La tavola è addobbata così perché è l'otto dicembre o è un indizio?»
«Entrambe le cose. Diciamo che volevo che tu entrassi nello spirito natalizio.»
«Andiamo ai mercatini di Bolzano?» chiedo senza troppa convinzione. Me lo aveva proposto quando gli avevo rivelato che quest'anno io e Nicoletta avremmo tenuto chiuso il negozio durante il ponte dell'Immacolata, perché avevamo deciso che meritavamo un po' di riposo, ma gli unici hotel in cui erano rimaste stanze libere costavano un occhio della testa e avevamo deciso che ci saremmo organizzati per tempo l'anno prossimo.

«Più vicino» risponde.
«Non avrai organizzato qualcosa in combutta con mia madre!»
Ride. «No, questa volta no.»
«Voi due insieme siete peggio di Bonnie e Clyde. Se poi ci si mette anche la mia socia siete davvero un'associazione a delinquere.»
Mentre io mi scervello, anche Fabrizio cede alla gola e assaggia un dolcetto. Appena la ganache viene a contatto con le sue papille gustative mugola di piacere. «Non so come fai» afferma dopo aver inghiottito il boccone, «ogni volta riesci a superare te stessa.»
«Amo il mio lavoro» dico alzandomi in piedi. «E amo le persone per cui cucino» aggiungo baciandolo su una guancia.
Sparecchio, carico la lavastoviglie e torno alla carica.
«Allora? Come mi devo vestire?» chiedo.
«Normale.»
«Normale non è una risposta!»
«Come se stessi andando a fare una passeggiata in centro a Bologna.»
Sbuffo, ma vado a prepararmi.

Capitolo II

Fabrizio entra in bagno mentre mi sto lavando i denti. Si posiziona dietro di me e mi assesta una manata sul sedere. Continuo a spazzolare in attesa di capire se non sia riuscito a resistere alla tentazione delle culotte nere che indosso, o se abbia altre idee. Osservo il suo riflesso nello specchio, intanto lui si stringe a me e inizia a baciarmi sul collo.
«Posso almeno finire?» chiedo ridacchiando.
«Prego, tu fai pure» risponde senza smettere di baciarmi.
Quando mi abbasso per sciacquarmi la bocca mi afferra per le natiche appoggiandoci l'erezione. «Fanculo!» esclamo gettando lo spazzolino nel lavandino. Cerco di raddrizzarmi ma Fabrizio mi preme dolcemente sulla schiena, e capisco che vuole che rimanga in questa posizione. Si stacca da me solo per il tempo necessario ad abbassare le mie culotte e i suoi boxer, poi torniamo a essere pelle contro pelle. Sono già eccitata, ma quando accarezza la mia fessura con la sua carne pulsante l'eccitazione aumenta. Emette un gemito di approvazione. «Sei sempre così bagnata» mi mormora all'orecchio. «Devo assaggiarti.»
Mi fa girare e mi invita ad alzare la gamba destra e a posarla sopra la vasca. Poi si abbassa e inizia a usare la lingua con una maestria che credo soltanto lui possegga. Dapprima mi lecca lentamente e con dolcezza, poi però si avventa sul mio clitoride e lo succhia come se volesse

divorarmi. Io cerco di trattenermi dal gridare, ma Fabrizio non è d'accordo. «Lasciati andare» quasi mi ordina, «sai quanto mi piace sentirti mentre godi.» Io obbedisco e gemo di piacere. Sono sempre più vicina all'orgasmo, inizio a tremare e fatico a reggermi in piedi. «Ti tengo io» mi rassicura, posandomi la mano destra sulla schiena per sorreggermi. Poi infila due dita dell'altra mano dentro di me, massaggiandomi a fondo, senza smettere di leccare e succhiare. E io vengo gridando il suo nome. Abbasso lo sguardo e lo trovo lì, in adorazione, che mi guarda come se non avesse mai visto niente di più bello in tutta la sua vita.

«Quanto ti amo» mi dice. Io riesco solo a sorridere. Si alza e mi bacia. «Sai di me» sussurro, e non sono sicura di aver detto qualcosa di senso compiuto. Quest'uomo riesce sempre a farmi perdere il contatto con la realtà.

«Allora ho il sapore più buono del mondo» afferma. «Possiamo riprendere da dove eravamo prima?» chiede poi, invitandomi a girarmi e ad appoggiarmi sul lavandino. Accolgo l'invito e Fabrizio mi penetra da dietro. Lo fa lentamente, centimetro dopo centimetro, come se volesse assaporare ogni secondo. Dopo un po' comincia a pompare più in fretta, ma non si dimentica di me. Con una mano rimane saldamente attaccato al mio fianco e si aiuta nelle spinte, ma con l'altra riprende a torturare il mio clitoride, ancora gonfio per l'orgasmo appena raggiunto. In breve sto cavalcando una seconda ondata di piacere e, soltanto una volta sicuro che io me la

sia goduta a pieno, viene a sua volta grazie a un'ultima, energica, spinta.
Rimango immobile finché non lo sento scivolare fuori da me, allora mi giro, gli butto le braccia al collo e lo stringo forte.
«Ti amo» gli mormoro sulla bocca. Poso le labbra sulle sue con dolcezza, poi ne disegno i contorni con la punta della lingua, e infine cerco la sua.
«Se fai così però ricominciamo» protesta.
«Abbiamo fretta? Dobbiamo prendere un treno o un aereo?» indago.
«No» risponde, «ma ho intenzione di portarti a pranzo in un locale che mi ha consigliato un amico.»
«Un amico che conosco?» chiedo. Intanto comincio a ricompormi. Temo che ormai abbia deciso che non mi concederà il bis. Anzi, il tris, se parliamo di orgasmi. Fabrizio però finge di non aver sentito la mia domanda.
«Amore» insisto, «lo conosco questo amico?» Sorride.
«Ho capito!» esclamo. «Abita nella città dove stiamo andando. Per questo non rispondi!»
«Colpito e affondato.»
«Dai, dimmi chi è» continuo, nel tentativo di comprendere dove siamo diretti.
«Va bene, va bene, è Andrea.»
Vuoto. Questo nome non mi dice assolutamente niente. Devo avere un'espressione ridicola perché lui scoppia a ridere. «Non te lo ricordi» dice, e non è una domanda.
«No» sbuffo.

«Credo proprio di sapere il perché, e poi lo capirai anche tu.»
*
Alla fine ho indossato i miei jeans neri preferiti e li ho abbinati a un dolcevita anch'esso nero e a un maglione rosa.
«Mi infilo gli Ugg e sono pronta» affermo, ma mentre lo faccio, vengo assalita dal panico. *Che cazzo avrà messo in valigia?*
«Okay, allora spegniamo le luci e andiamo» replica lui.
«Ehm, no, scusa, aspetta un secondo…» protesto.
«Perché?» chiede.
«La valigia…»
«Eccola qui, ce l'ho io la tua valigia…»
«Lo vedo, è che mi preoccupa… quello che c'è dentro…»
«Non ti fidi di me?» domanda.
«No, è che, sai…»
«È che non ti fidi di me» afferma, «e fai bene.» Poi ride. Io lo guardo perplessa. «L'ho fatta preparare a Nicoletta» mi rivela.
«Vedi? Lo sapevo io che avevi fatto comunella con qualcuno, ma avevo sbagliato complice.»
«In questo caso l'ho fatto solo per il tuo bene. Possiamo andare adesso?»
Rassicurata sul possibile contenuto del trolley, annuisco e indosso sciarpa e piumino.

Non appena imbocchiamo l'autostrada A13 capisco tutto.
«Stiamo andando a vedere i mercatini di Natale nelle piazze di Padova!» esclamo.
«Avrei dovuto bendarti, così non lo avresti capito subito» brontola.
«Be', nel cassetto del tuo comodino c'è quella benda che ti ho regalato...» replico maliziosa.
Fa una smorfia. «Non ci ho pensato» confessa, «la considero solo per altri usi.»
Sorrido. Poi dico: «Hai avuto un'idea bellissima, e immagino che Andrea fosse uno dei ragazzi che era con te a quel corso cinque anni fa...»
«Immagini bene.»
«Sai com'è, sono stata un po' distratta da un certo torinèse» aggiungo imitando il suo accento.
«Ga parlà ea veronese... Veneziani gran signori, Padovani gran dotori, Visentini magna gati, Veronesi tuti mati.»
«Questa te l'ha insegnata mia mamma!»
«Certo che sì, aspettavo solo l'occasione giusta per farne sfoggio.»
«Grazie» affermo, seria. «È da tanto che desidero tornare nella città in cui ci siamo conosciuti, e non vedo Padova addobbata per il Natale da quando ero bambina.»
«Ero sicuro che la destinazione ti sarebbe piaciuta. Non è difficile renderti felice.»
Lo bacio su una guancia e gli accarezzo il pizzetto. «Tu mi rendi felice.»

Capitolo III

Mentre stiamo uscendo dall'autostrada, squilla il mio telefonino. È *The number of the beast,* la suoneria di Nicoletta.
«Buongiorno» rispondo.
«Buongiorno, ma petite» replica lei. «Dove sei?» aggiunge, e mi sembra di vederla sorridere.
«Come se non lo sapessi» brontolo. «Vi siete coalizzati contro di me! Ma finché organizzate week-end fuori porta fate pure.»
«Sei contenta?» chiede.
«Sì, molto.» Con la coda dell'occhio guardo l'uomo seduto accanto a me. Me ne innamoro di più ogni giorno che passa. Abbiamo avuto anni difficili e anni in cui credevamo di esserci persi per sempre, ma se tutto quel dolore era necessario per arrivare a questa felicità, sarei disposta a riviverlo anche domani.
«E non hai ancora visto niente!» aggiunge.
«Shhh, zitta spia» protesta Fabrizio, che deve aver sentito le sue parole.
Lei ride. «Tu, invece, dove sei? A casa dell'avvocato?» domando. Silenzio. Dopo qualche secondo risponde: «Sì.»
«Ah, okay» faccio io, «passate il ponte da soli.» Altri secondi di silenzio.
«No, veramente siamo a casa dei suoi» mi spiega.
«Ooo» affermo, eccitata. «Non me lo avevi detto!»

«Perché non ne ero del tutto convinta e, a essere sincera, non lo sono ancora» mi confida.
«Pare che la cosa si stia facendo sempre più seria... Lunedì mi devi raccontare tutto!»
«Ovvio, e anche tu» conferma.
«Siamo arrivati» sussurra Fabrizio.
«Tesoro, ti devo salutare, ci aggiorniamo più tardi.»
«A dopo» dice Nicoletta. E mi saluta con un enigmatico: «Spero di aver scelto bene.»

Lasciamo i nostri documenti alla reception del Crowne Plaza e ci dirigiamo verso la stanza che ci hanno assegnato. L'hotel è lontano dal centro. Sto per chiedere a Fabrizio il perché di questa scelta, quando lui posa la chiave magnetica e apre la porta. E allora capisco. La camera è grande quasi quanto il nostro appartamento. È divisa in zona giorno, con divano, tavolino e scrivania, e zona notte, con un enorme letto matrimoniale king size. Mi tolgo il piumino e lo lancio sul divano. Sento una forte attrazione verso l'ultima stanza. «La Jacuzzi in bagno?» grido. «Abbiamo la Jacuzzi in bagno?» Fabrizio ride. «E il televisore!» aggiungo. «Abbiamo la Jacuzzi e il televisore in bagno!»
Mi prende in braccio e mi fa fare un giro a mezz'aria. Poi mi dà un bacio appassionato. «Ripeterei volentieri l'esperienza di questa mattina» dico guardandolo maliziosamente, «però adesso ho una gran fame.»

«L'unica cosa che riesce ad avere la meglio sul tuo romanticismo è l'appetito!» finge di protestare lui. Guarda l'orologio. «In effetti è ora di pranzo. Chiamo il locale e dico che stiamo arrivando.»
Mentre Fabrizio telefona, io apro il mio trolley e scopro, con disgusto, che non c'è nessun pigiama. Trovo soltanto un négligé nero, e capisco che cosa intendeva Nicoletta con il suo *spero di aver scelto bene*. Faccio spallucce. Acquisterò un bel pigiama imbottito e con il cappuccio su una bancarella.
«Grazie, arriviamo tra poco» lo sento dire. «Amore, possiamo andare subito o hai bisogno di un po' di tempo?»
«Andiamo» dico, «io dovrò solo comprarmi un pigiama» aggiungo, mostrandogli il minuscolo pezzetto di stoffa che la mia amica riteneva idoneo per la notte.
Lui scoppia a ridere. «Io gradisco molto, ma forse Nicoletta non sa che tu quelle cose le indossi solamente per brevi frangenti.»
«Lo sa, lo sa, ma lei ha sempre caldo e non mi capisce» protesto.
«Penso proprio che questa notte alzerò la temperatura al massimo» propone, lanciando uno sguardo al termostato.
«Intanto pensiamo all'altra mia necessità primaria» dico, «il cibo!»

Fabrizio si muove benissimo attraverso le strade di Padova, ma parcheggiamo proprio in piazza Insurrezione, e non è possibile che sia un caso.
«Sicuramente, a Padova, non ci sono altri parcheggi» dico sorridendo.
«Corre voce che abbiano aperto un paio di silos, ma il cuore mi ha portato qui...» afferma, e mi bacia. «Ah, noto che questa volta non scappi» aggiunge.
Scuoto la testa, poi lo prendo per il bavero e lo tiro a me per un bacio più profondo e passionale. «Preferisco di gran lunga questa reazione.»
«Appartenevo a un altro uomo, o così credevo...» mi giustifico.
«Com'era quella storia che nessuno appartiene a nessuno?» domanda.
«Oh, e dai, hai capito benissimo» protesto alzando la mano sinistra e mostrando l'anulare attorno al quale, quel giorno, brillava la fede nuziale.
«Mmm» mugugna, «è così nudo questo dito. Forse è arrivato il momento di abbellirlo un po'...» Rimango senza parole. «Be'? Non avevi tanta fame? Andiamo?» dice, cambiando completamente discorso.
Così ci incamminiamo verso il locale consigliatogli da Andrea, che scopro, con mia somma gioia, essere un'hamburgeria della catena Ham Holy Burger, che a Bologna non c'è. Mi sbafo un hamburger con il bacon e le patate a spicchi, e costringo Fabrizio a prendere un dolce da dividere in due.

«Ogni volta che ordino il dolce, tu ridi» protesto.
«Rido per molti motivi…» risponde lui.
«Dai, dimmene uno!» lo incalzo.
«Per esempio che tu li fai un milione di volte meglio, ma non rinunci comunque mai.»
«Mi sacrifico sull'altare del lavoro» ribatto, «devo carpire i segreti alla concorrenza.»
«Qui?» obietta. «Neanche fossimo a casa del Boss delle torte. Vuoi sapere il motivo numero due?»
«No» rispondo guardandolo di sottecchi, perché so benissimo dove vuole andare a parare.
«Quella taglia che dici di voler perdere da… quanto? Cinque anni?»
Se questo discorso me lo avesse fatto Davide, mi sarei arrabbiata e mi avrebbe rovinato il fine settimana. Con Fabrizio è diverso. È tutto diverso. Sì, mi invita a fare movimento perché si preoccupa per la mia salute, ma non ho mai, mai, paura che non sia attratto da me. Questo rischio davvero non c'è. Il pensiero corre alla Jacuzzi che abbiamo lasciato tutta sola nella nostra suite.
«Potremmo anche rimandare la visita ai mercatini e tornare in hotel…» propongo.
«Non stavamo parlando della possibilità che tu venga in palestra con me?»
«Palestra? Io non so nemmeno come si scriva palestra. E non ricominciare con quella storia che per Natale mi regali un abbonamento annuale!» tuono.

Lui scoppia a ridere. Intanto il cameriere arriva con la cremosa di pan di stelle, panna, e Nutella. Io ne prendo subito una forchettata. «Mmm, non male» commento. Fabrizio assaggia a sua volta.
«Hai ragione» ammette. «Okay, è chiaro che ti renderei più felice con una fornitura di Nutella a vita.»
«Decisamente» confermo, «e mi raccomando, che sia Nutella, sono affezionata all'olio di palma.» Si batte una mano in faccia. «Non sei per niente patriottico» protesto, prendendo un'altra forchettata di cremosa.
«Se proprio devo scegliere» confessa, «preferisco il Ferrero Rocher.»
«Faccio dei cupcake favolosi con i Ferrero Rocher, però li farcisco con la Nutella» preciso.
«Sei senza speranza» mi rimprovera sorridendo. Poi chiede il conto.

Capitolo IV

Appena usciti dal locale inizio subito a scattare foto alla Torre dell'Orologio.
«Sembri una turista giapponese» ridacchia Fabrizio. In realtà, più che una turista, mi sento come una bambina che, a Natale, trova sotto l'albero esattamente ciò che desiderava.
«Mi piacerebbe tanto visitarla» affermo. «E allora andiamo no?» propone lui. Poi aggiunge: «Ormai abbiamo una certa esperienza in fatto di torri...»
«Qualsiasi cosa mi aspetti lì dentro» replico, «non può essere peggiore della torre degli Asinelli.» Solo a ripensare a quei 498 gradini mi sento già stanca.
Purtroppo però scopriamo che questa torre è visitabile solo in determinati giorni e in certi orari. «Vorrà dire che torneremo a Padova in primavera» mi sussurra all'orecchio. «Ci conto» rispondo, buttandogli le braccia al collo e baciandolo. Qualche volta mi sembra ancora strano poterlo fare così, alla luce del sole, senza doverci rifugiare in una città lontana dalle nostre o essere costretti a frequentare luoghi dove i nostri compagni non avrebbero mai messo piede.
«A cosa stai pensando?» mi chiede Fabrizio, che ormai riesce a interpretare ogni minima espressione del mio volto. Gli racconto quello che mi passa per la testa. Lui annuisce. «Io spesso mi ritrovo a riflettere su quanto

siamo stati stupidi» mi spiega mentre passeggiamo, «entrambi intendo, non solo tu quando sei sparita.»
«Lasciamo stare, ti prego» lo interrompo, «mi vergogno ancora per quel comportamento così infantile.»
«Eh, però, amore, dovrai pure averlo anche tu qualche difetto» ribatte.
Lo guardo di sottecchi. «Veramente me lo dici sempre che ho dei difetti» protesto, «per esempio che sono pigra.»
«Guarda che bello quel maglione, non ti andrebbe di provarlo?»
«Non si capisce neanche che stai cercando di cambiare discorso!» Sorride.
«Seriamente» riprende, «a volte penso che abbiamo sprecato del tempo prezioso, ma poi mi rendo conto che le cose sono andate così perché prima non eravamo pronti.»
«E tutto va, come deve andare…» canticchio.
«Credo che ci sia un fondo di verità» continua lui. «Tu non eri pronta a separarti da Davide, né io da Barbara.»
«E avevamo paura» aggiungo io, «paura di non essere in grado di camminare con le nostre gambe.»
«Sia come sia, adesso siamo qui. Insieme» afferma prendendomi per mano e intrecciando le sue dita alle mie.
Passeggiando, passiamo davanti a Lush. «Entriamo?» propongo. «Con tutto questo profumo ho già mal di testa» brontola Fabrizio. Sfodero i miei occhioni da Gatto

con gli stivali del film Shrek. «Va bene, va bene» sbuffa, «entriamo.»
Lui si posiziona in un angolo mentre io ispeziono tutto il negozio. Osservo un po' di prodotti nuovi, ma alla fine trovo quello che stavo cercando: le ballistiche. Le guardo e le annuso, poi ne scelgo una e mi dirigo verso Fabrizio. «Io prenderei questa» dico. «E che roba è?» domanda lui.
«Una bomba da bagno» spiego. Mi guarda perplesso. «Va sciolta nell'acqua della vasca, è frizzante, fa le bollicine e ci sono dentro oli essenziali» preciso, «senti il profumo dei chiodi di garofano e del coriandolo?»
«Ero già convinto alla parola vasca» mi smonta. Scuoto la testa, ma non rinuncerei alla passione che c'è tra noi nemmeno se mi offrissero tutto l'oro del mondo. Pago la bomba, che si chiama Christmas sweater, e riprendiamo la passeggiata.

Mi fermo davanti a una bancarella con dei pigiami carinissimi. Ne ho già adocchiato uno morbido e peloso, con un gufetto assonnato che sembra dirmi: «Comprami, comprami.»
«No, per favore, il gufetto peloso no» protesta Fabrizio, non appena comprende le mie intenzioni.
«Vuoi che muoia congelata nella suite super confortevole di un albergo?» La mia lamentela è poco credibile.
«Risparmiami. Almeno questa notte, risparmiami. Prometto che alzerò il riscaldamento al massimo» propone lui. Storco il naso. Nel frattempo il venditore

ambulante ci guarda e, invece di protestare perché non decido se fare o meno l'acquisto, si gode la scena.
«Eh, però, scusa» riprende Fabrizio, «tu mi hai imbrogliato?»
«Come e quando, di grazia» chiedo.
«Quando eravamo amanti indossavi sempre guêpière, negligè, sottovesti... e adesso pigiami di pile con gli orsetti.»
«Con i gufetti, prego» preciso. «E comunque non è vero» mi difendo. «Come vengo a letto in estate?»
Sul viso di Fabrizio appare un sorriso sghembo. «Mmm, sexy» risponde.
«Appunto» dico, «prenditela con il freddo, non con me.»
«Allora signorina» chiede ridendo l'ambulante, «questo pigiama antitesi del sesso, lo vuole o no?»
Scoppio a ridere anche io. «Certo che sì.» Il mio uomo scuote la testa ma non smette di sorridere.

Ho visto diverse cose interessanti per i regali di Natale, sia per mia madre che per le mie amiche ma, dal momento che torneremo domani, ho evitato di fare acquisti affrettati.
Rientriamo all'hotel che è quasi ora di cena, ma stasera non ho intenzione di permettere al mio appetito di avere la meglio sul mio romanticismo. E Fabrizio sembra proprio della stessa idea. Ho a mala pena il tempo di togliermi sciarpa e piumino, che mi sento abbracciare da

dietro. Si sta già strusciando su di me quando mi arriva un messaggio.
«È Nico» dico, riconoscendo la suoneria di WhatsApp che le ho assegnato.
«Può aspettare» replica lui.
«Oh, dai, non ci siamo sentite per tutto il giorno…»
«Okay, okay, rispondi» mi concede, e mi bacia una tempia.
"Com'è andata la tua giornata?" chiede la mia socia.
"Alla grande. Cibo, sesso, shopping."
"Beata, qui niente sesso. Ci controllano a vista."
"Come ti sembra la sua famiglia?" domando.
"Mmm, quante ore hai?" è la risposta.
"Azz, ok, mi racconti tutto lunedì?"
"Certo, buona serata. Salutami il nostro tecnico informatico e non lo strapazzare troppo… poco!"
Mentre ci salutiamo mi tolgo gli stivali, poi torno da Fabrizio. «Dicevamo?»
«Mi sembra che stessimo parlando di questo» mi sussurra sulle labbra, e poi mi bacia. Le mie mani vagano bramose sotto il suo maglione, mentre lui litiga con la cintura che indosso sempre per sottolineare che, almeno, ho la vita stretta. Una volta liberatosi della cintura ci mette un secondo per togliermi l'abito e io mi sfilo in fretta le calze termiche, così necessarie alla mia sopravvivenza, ma così poco sexy. Ora indosso soltanto il completino di pizzo nero, con il reggiseno a balconcino e le culotte che tanto gli erano piaciute questa mattina.

«Molto meglio» afferma.
Mi sento bella quando mi guarda. Temo che, in questo caso, la bellezza sia negli occhi di chi guarda, ma riesce sempre a farmi sentire come se fossi la donna più attraente del mondo.
«Allora? Vieni?» chiedo, dandogli le spalle e dirigendomi verso il bagno.
«Oh, sì, arrivo!» esclama, e so, anche senza girarmi per verificarlo, che mi sta guardando il sedere.
Apro l'acqua bollente, mi siedo sul bordo della vasca e lo guardo mentre si spoglia. *Maledette camicie,* penso per un istante, *perché cavolo continui a mettere le camicie anche adesso che non lavori più in banca.* Ma lo spettacolo che appare non appena se la toglie, mi fa dimenticare il mio odio verso il ferro da stiro. Il suo corpo è tonico e muscoloso esattamente com'era quando ci siamo conosciuti. È evidente che si allena, e anche che cede di rado ai miei manicaretti. Quegli addominali perfetti continuano a incantarmi anche se li vedo ogni giorno e, quando si toglie i pantaloni e dai boxer spunta la V, io avverto un tremito al basso ventre.
Mi raggiunge e mi fa alzare in piedi. Senza nessun preavviso mi infila una mano negli slip. «Lo sapevo» afferma con voce roca. «Che cosa?» sussurro io con un filo di voce. «Ti sei eccitata guardandomi.» Non rispondo, non è necessario. Mi slaccia il reggiseno e comincia a giocare con i capezzoli. Quando le dita cedono

il posto alla lingua io getto la testa indietro e non posso fare a meno di gemere.
«Non credo che ci sarà bisogno di alzare il riscaldamento» dice a un tratto, osservando il vapore che sale dalla vasca.
«Oh cazzo!» esclamo io. «Mi hai distratto e non ho più regolato la temperatura dell'acqua» mi giustifico allungandomi verso il rubinetto.
«È così bello distrarti» dice, con lo sguardo da predatore. Si sfila i boxer rendendo davvero evidente quanto gli piaccia. Anche io tolgo l'ultimo pezzetto di stoffa che indosso, poi infilo l'alluce nell'acqua per tastare la temperatura.
«Troppo calda» spiego, togliendo il piede e posandolo sul tappetino.
«Be'» ribatte, «se è troppo calda per te, io mi scioglierei se entrassi.»
Cerco di regolarla e intanto lo incarico di recuperare la Christmas sweater. «Questa cosa profuma troppo» protesta. «Ah sì?» replico. «Allora mi rivesto?» Lui scoppia a ridere. «No, no, per carità. Posso sopportare qualsiasi cosa se mi permette di vederti nuda. Soprattutto in inverno.»
Provo a sentire di nuovo la temperatura e mi sembra giusta. «Dai, entriamo» propongo. «E adesso?» mi chiede una volta entrati, maneggiando la ballistica come se fosse davvero una bomba. «E adesso mettila nell'acqua» spiego, accendendo l'idromassaggio.

All'improvviso sembra di essere in una Spa, il profumo e il colore che sprigiona sono quasi ipnotici. «Non è niente male» è costretto ad ammettere Fabrizio. «Ti piace?» chiedo.
«Vieni qui, ti faccio vedere cosa mi piace…»
Mi avvicino e, dato che la vasca è piuttosto grande, mi siedo a cavalcioni su di lui. «Questo, decisamente, mi piace» commenta. «Quanto parli» fingo di sgridarlo, poi gli chiudo la bocca con un bacio. Riprende a torturare i miei seni, e la tortura è resa ancora più piacevole dall'olio rilasciato nell'acqua, che permette ai nostri corpi di scivolare meglio. Il suo corpo, infatti, trova subito la strada, facilitato dalla mia posizione, e Fabrizio penetra in me strappandomi un gemito. «Scivolo troppo» protesto poco dopo. «Aggrappati a me» suggerisce lui.
Non sono mai stata una fan del sesso nella vasca, non trovavo mai un appiglio, ma con quest'uomo è tutto diverso, perché se non ho dove reggermi, so che posso reggermi a lui. E non solo nel sesso.
Gli pianto le dita nelle spalle mentre le sue mani mi artigliano il sedere. Nonostante il fondo scivoloso non si risparmia e mi assesta delle spinte poderose. In breve sono sull'orlo dell'orgasmo. Mi trattengo per un istante e, solo quando lo sento tremare, smetto di trattenermi ed esplodiamo insieme. Mi accascio su di lui che mi abbraccia e si lascia scivolare in modo che l'acqua ci ricopra. «Ti amo» mi dice accarezzandomi una guancia e

baciandomi la fronte. Le tenerezza di cui è capace mi fa tremare le gambe almeno quanto i suoi addominali.
«Ti amo anche io» rispondo, posando la testa sul suo petto, godendomi sia l'abbraccio del mio uomo che il lento cullare dell'acqua calda.

Ieri sera, dopo essermi goduta un tale relax non avevo nessuna voglia di vestirmi, truccarmi e pettinarmi per uscire. Quando Fabrizio mi ha proposto di ordinare qualcosa e mangiare in camera ho tirato un sospiro di sollievo.
Oggi, dopo una bella colazione, sono pronta per tornare ai mercatini e acquistare i regali per mia madre e le mie amiche.
Questa volta parcheggiamo al silos in via Trieste, ma ci sono talmente tante persone che vogliono fare shopping, che siamo costretti ad aspettare che si liberi un posto. Nessuno dei due si spazientisce, siamo in vacanza e, soprattutto, molto rilassati grazie alla nostra serata. C'è un bel sole, ma l'aria è fredda, per cui camminiamo abbastanza spediti e, non appena raggiungiamo il centro, vado a colpo sicuro sulla bancarella dove ho visto un portafoglio decorato con un nigiri, perfetto per Nicoletta. Alla fine acquisto sia quello che il portamonete. Quando li mostro a Fabrizio, si fa una bella risata. «Sicuramente le piaceranno» commenta, «ma se ci fossero stati con la Tsingtao sarebbe stata più contenta.»

Poi passeggiamo alla ricerca dei guanti con il bordino in ecopelliccia per mia madre. Li cerchiamo sulle bancarelle in piazza dei Signori, ma probabilmente li avevo visti in via Cesare Battisti. Passando davanti a palazzo Moroni sentiamo un po' di confusione e ci avviciniamo per curiosare. C'è una coppia di sposi che sta facendo le foto sulla scalinata.
«Mamma mia, che coraggio» dice Fabrizio. «Bisogna essere un po' pazzi per sposarsi a Dicembre» aggiunge, stringendosi nel cappotto. Io, però, lo sento appena. Sono totalmente rapita dalla scena che mi sta davanti. La sposa indossa un abito rosso, impreziosito da fiori bianchi, mentre la pelliccia con cui si protegge dal freddo è bianca con dettagli rossi. Sembra una principessa appena uscita da una fiaba. Dopo tutti gli anni che ho trascorso come moglie di Davide, dopo la fatica che ho fatto ad accettare che del nostro rapporto non fosse rimasta che la cenere, e dopo aver dovuto lottare per liberarmi di quelle catene e costruirmi finalmente la vita che volevo, non credevo che avrei mai più pensato al matrimonio. Ma mentre guardo questa bellissima ragazza che sorride felice accanto al suo neo marito, in questa città dove ho incontrato la persona che ha sconvolto la mia esistenza e che ora però, è qui con me mano nella mano, penso che, forse, per Fabrizio potrei avere il coraggio di dire di nuovo sì.

Continua…?

Pensieri sparsi

Sono passati tre anni da quando è iniziata la mia avventura in compagnia di Viviana, Fabrizio e degli altri personaggi della serie *Il mio mondo nei tuoi occhi*.
Sono molto affezionata a tutti loro e, anche se al momento ho altri progetti in cantiere, spero di riuscire, un giorno, a tornare a Bologna. Molte lettrici mi hanno chiesto di raccontare la storia di Nicoletta, e non nego che mi piacerebbe molto.
Continuate a seguirmi per sapere come andrà a finire!

Manufactured by Amazon.ca
Bolton, ON